魔法ねこベルベット

5 危険な手紙

タビサ・ブラック 作
武富博子 訳
くおんれいの 絵

評論社

CHARM HALL
5. A NOTE OF DANGER

Created by Working Partners Limited, London, WC2B 6XF
First published in Great Britain in 2008
by Hodder Children's Books
Japanese translation rights arranged with
Hodder and Stoughton Limited
through Japan UNI Agency, Inc., Tokyo.

装丁／中嶋香織

魔法《まほう》ねこベルベット

―5 危険《きけん》な手紙―

1 〈中世の日〉

ペイジ・ハートは、強い日ざしが目に入らないように手をかざして、馬上槍試合《やりじあい》の競技場《きょうぎじょう》のほうを見つめました。馬にまたがった騎士《きし》がふたり、銀色にきらめくよろいかぶとに身をつつみ、ゆっくり進んでいくのが見えます。騎士たちは、よろいの上にゆったりしたチュニックを着ていました。ひとりは赤、もうひとりは深い青。それぞれの色の盾《たて》を持ち、そこには金のライオンの絵がかいてあります。

ペイジはさっとふりむいて、おおぜいの人たちのあいだから、親友のサマーとシャノンをさがしました。少しはなれたところで人形劇《にんぎょうげき》を見ているふたりを見つけて、かけよっていきます。

「馬上槍試合《やりじあい》がはじまるところよ！」

ペイジは息を切らしながらいいました。

「えっ、それは見のがせないね！」

と、シャノンが大きな声をあげます。

「行こう！」

シャノンは、長くてたっぷりしたドレスのすそを持ちあげると、競技場《きょうぎじょう》へと走っていきました。ペイジとサマーがすぐうしろから追いかけます。走りながら、ペイジは思わず笑ってしまいました。シャノンが中世風のドレスの下に、運動ぐつをはいていたからです。

ペイジがここチャームホール学園に転校してきてから、だいぶ時間がたちました。だから、この寄宿《きしゅく》学校ではいつもワクワクするようなできごとがあるのを、よく知っています。

日曜日の今日は、〈中世の日〉です。週のはじめの集会で、校長のリネット先生から説明がありました。チャームホールの建物が最初に建てられたのが中世の時代だっためため、学校では、毎年春に、中世を思いおこすお祭りをひらいているのです。

五年生の終わりに転校してきたペイジは、去年の〈中世の日〉には、まだこの学校にいませんでした。ペイジはほかの生徒や先生たちといっしょに、ワクワクしながら中世の衣装《いしょう》に着がえました。そして、招待《しょうたい》された近所の村の人々もおおぜい仮装《かそう》しているのを見て、うれしくなりました。

校庭では、ししゅう入りの色とりどりの旗やたれ幕《まく》が木々をかざり、馬上槍試合《やりじあい》のようなはなやかなもよおしがひらかれ、中世の食べ物や雑貨《ざっか》を売るお店がたくさんならんでいます。

「ほんとうに中世の時代にもどったみたい！」

ペイジはサマーとシャノンにいいました。三人は競技場《きょうぎじょう》をめざして、人のあいだをぬっていきます。

「それにしても、長いドレスを着て走るのはたいへんね」

競技場のはしにたどりついたとき、サマーがいいました。

シャノンがうなずきます。

「しかも、こんなに人が多いんだもん。運動ぐつをはいてきてよかった！」

サマーは競技場《きょうぎじょう》のまんなかを指さしました。

「見て、はじまるわよ」

見習いの騎士《きし》が、競技場のまんなかに進み出て、ラッパでファンファーレをふきました。

「よき市民のみなさま、チャームホール馬上槍試合《やりじあい》に、ようこそいらっしゃいました！」

ラッパをおろすと、見習い騎士は高らかにつげました。

「最初に競技をおこなうのは、赤の騎士と青の騎士です！」

ふたりの騎士は、かぶとの前の部分をあげて顔を見せ、観客に手をふりました。

「あっ、サムさんだ！」

シャノンがうれしそうに声をあげます。

「それから、ドレイク先生！」

「管理人《かんりにん》さんと体育の先生の対決ね！」

と、ペイジはにこにこしていいました。

「どっちが勝つのかな」

ふたりの騎士《きし》が競技場《きょうぎじょう》の両はしにわかれて、おたがいの馬をむきあわせると、まわりじゅうに歓声《かんせい》がひびきわたりました。騎士たちは銀色に光る槍《やり》を持ちあげて、にらみあいました。それぞれの馬が、じれったそうに前足で地面を打ちつけます。

「あの槍、ほんものみたいに見えない？」

と、シャノンが思ったことをいいました。

「だいじょうぶよ、発泡《はっぽう》スチロールでできてるから。わたし、ドレイク先生が競技場まで運ぶのを手伝ったから、知ってるの」

サマーが安心させます。

ペイジはみんなといっしょにはくしゅをしていましたが、ふいに、黒い子ねこのすがたが目に入りました。ペイジがふたりの友だちといっしょに、ベルベットと名づけた子ねこです。競技場の横につくられたステージの上で、校長のリネット先生のほかに、村長さんと牧師《ぼくし》さんと何人かの村の人たちがすわっていました。そのステージのはしっこに、ベルベットがちょこんとすわり、目の前でおこっていることをきょうみぶかそうにながめています。

「見て！」

ペイジは、サマーとシャノンに見せようと、子ねこのほうを指さしました。

「ベルベットがえらい人たちといっしょにすわってる！」

「だって、ベルベットはえらいんだもの」

サマーがにっこりしていいました。

「えらい子ねこなのよ！」

「やっぱりベルベットは、チャームホール学園でいちばんえらくて特別だよね」

と、シャノンが力強く賛成《さんせい》しました。

ペイジもうなずきました。

チャームホール学園でいつもおもしろいことがおこるのは、ベルベットがいるからこそです。ベルベットはある雨の日に、どこからともなく、ペイジとサマーとシャノンの部屋にやってきました。それからまもなく三人は、ベルベットがただの子ねこではないことに気づきました。びっくりするような魔法《まほう》の力を持った、魔法ねこだったのです。ペイジたちはいつも、ベルベットの魔法におどろいたり、ワクワクしたりしていました。三人は今でも、ベルベットのことがよくわかっていませんでした。けれど、魔法ねこがどういうわけかチャームホールとつながりが深く、学校に自由に出入りできることは知っています。

校長のリネット先生は、りっぱな赤いドレスを着て、いつもとずいぶんちがって見えました。先生は白い旗を持って、ステージの上で立ちあがりました。その旗を頭の上に高くかかげてふると、いっせいにはくしゅがおこりました。

すぐさま、赤の騎士《きし》と青の騎士が馬を前に走らせました。おたがいに相手にむかって、つき進みます。馬のひづめの音が、かみなりのように競技場《きょうぎじょう》にこだまします。

「どっちが勝つと思う？　サムさん？　ドレイク先生？」

シャノンが、馬の足音とみんなの歓声《かんせい》に負けないように、声をはりあげます。

「わからない！」

と、ペイジが大声でこたえます。

「わたしも！」

サマーも大声でいいます。

「ドレイク先生は気合いが入っているし、サムさんは馬の上で落ち着いて見えるわ」

両側から馬を走らせてきた騎士《きし》が、横にならびました。おたがいに相手の盾《たて》を地面に落とそうとします。いっしゅん、槍《やり》が組みあって動かなくなりました。短い戦いのすえ、赤の騎士が、青の騎士の手から盾をはらい落としました。盾が地面に落ちると、観客からさらに大きなはくしゅがわきあがりました。

「サムさんが勝った！」

シャノンがにこにこして声をあげます。

赤の騎士と青の騎士がおじぎをして、競技場《きょうぎじょう》から出ていくのを見ながら、ペイジはみんなといっしょに歓声《かんせい》をあげました。もう一度ステージのほうを見ると、ベルベットはいなくなっていました。ペイジは思わずほほえみました。ふしぎな子ねこが、いつどこにすがたを見せるのかは、だれにもわからないのです！

「今度は、緑の騎士と黄色の騎士が対決するわよ！」

と、サマーがいいました。新しい競技者《きょうぎしゃ》がふたり、競技場に入ってきて、かぶとの前をあげました。

「わあ、見て！　スターク先生対マッケンジー先生よ！」

「じゃあ、ぜったいマッケンジー先生に勝ってほしいな！」

　シャノンがいいます。

「わたしもよ」

と、ペイジもいいました。ペイジたちの担任《たんにん》のマッケンジー先生のほうが、いつもふきげんなスターク先生よりずっとやさし

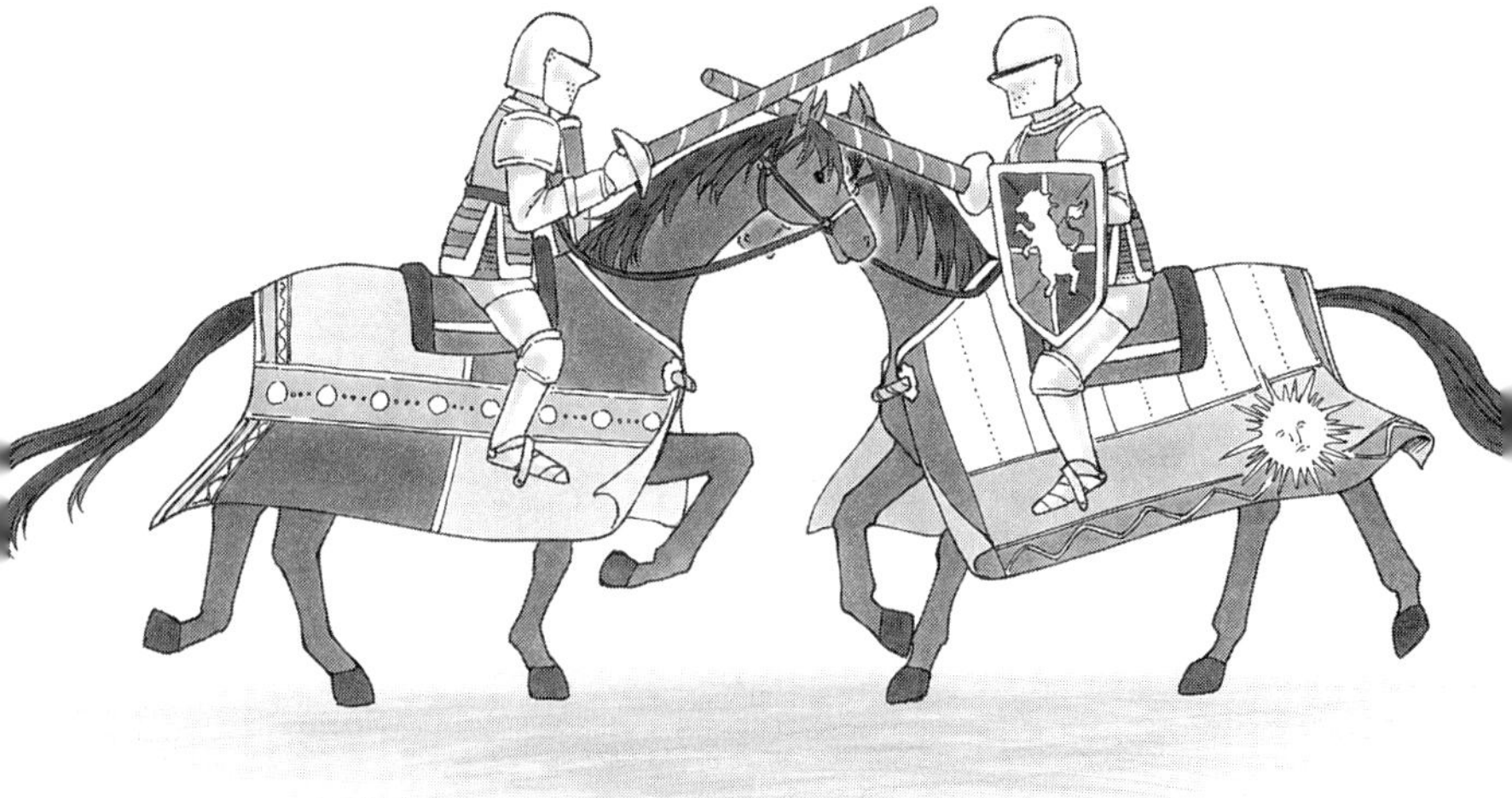

いからです。

先生たちが両側から馬を走らせるのを見つめながら、三人はドキドキしました。すると、マッケンジー先生はあっさりとスターク先生の盾《たて》を地面にはらい落として、勝ちました。三人ははりきって歓声《かんせい》をあげました。

「ああ、おもしろかった！」

十五分後、最後に競技《きょうぎ》をしたふたりが、おじぎをして出ていくと、シャノンが大きな声でいいました。

ペイジはうなずき、サマーはにこにこしました。

「ねえ、お店を見にいかない？」

と、サマーがいいました。

三人はお店がならぶほうへ、ぶらぶら歩いていきました。薬草の入ったつぼから、ししゅうをほどこした旗やたれ幕《まく》まで、中世を思わせる、ありとあらゆるものが売られています。

「わあ、見て！」

ペイジは声をあげました。小さな巻《ま》き物《もの》でびっしりうめつくされたお店の前で、立ち止まります。巻き物のひとつをひろげると、短い詩が書いてありました。最初の文字は、大きな「T《ティー》」で、美しい色でえがかれ、金色でふちどってあります。

「とってもきれい！」

お店をうけもっている、美術《びじゅつ》のアーノルド先生が、女の子たちにほほえみかけました。

「みんなは、中世の装飾《そうしょく》写本を見たことがある？」

と、たずねます。

「印刷《いんさつ》技術《ぎじゅつ》がなかったむかしの本は、全部手書きだったのよ。本を書きうつした人たちは、最初の文字をとても大きく美しく書いていたの。色をたくさん使って、絵まで入れてね。よかったら、自分の名前の頭文字《かしらもじ》が入っている巻き物を買えるわよ」

「わあ、買います！」

と、シャノンが声をあげ、自分の名前の頭文字、あざやかな緑色の「S《エス》」がかかれた巻き物を手にとりました。文字の横に小さな黒い子ねこがすわっていて、「S」の曲線にしっぽをまきつけています。

「これ、くださ い。——だって、この子ねこ、だれかさんみたいなんだもん」

シャノンはペイジたちにウィンクしました。

「同じのがもうひとつあるよ。サマーの頭文字《かしらもじ》もS《エス》だもんね」

ペイジはにこにこしながら、べつの巻《ま》き物《もの》を持ちあげました。手のこんだ「P《ピー》」の文字が、ピンクのバラと緑のツタでかざられ、花のうしろから小鳥が二羽、顔をのぞかせています。

「とってもすてき。でも、今そんなにお金を持ってないの」

ペイジはため息をつきました。おさいふの中を見て、首を横にふります。

「だめね、部屋にもどらないと」

「あたしも、かしてあげるほど持ってないなあ」

シャノンが自分の小銭《こぜに》入れの中をかきまわします。

「わたしもないわ」

サマーがため息をつきました。

「ペイジ、ごめんね」

「わあ、すてき！」

うしろで声がしました。

ペイジがふりむくと、友だちのペニー・ハリスが、巻《ま》き物《もの》の文字に顔を近づけて見つめています。ペニーの頭文字《かしらもじ》も、ペイジと同じ「P《ピー》」です。

「はい、これどうぞ！」

ペイジはにこっとして、ペニーに「P」の文字が入った巻き物をわたしました。

「わたし、今お金持ってないから」

「じゃあ、かしてあげる」

と、ペニーが親切にいってくれました。「P」のついた巻き物をもうひとつつかんで、
両方ともアーノルド先生にさしだします。

「あとで返してくれたらいいからね、ペイジ」

「わあ、ありがとう、ペニー」

ペイジは感謝《かんしゃ》してほほえみました。

「気にしないで」

ペニーはちらっと時計に目をやりました。

「行かなくちゃ」

というと、走っていってしまいました。

「あとで、アーチェリーの実演《じつえん》を見にいくからね」

と、サマーがうしろから声をかけましたが、ペニーはもう人ごみの中に消えていました。

「おなかがすいてきちゃった」

歩きながら、シャノンがいいだしました。食べ物の屋台を熱心に見つめています。

「ハニーケーキにフルーツパイ、ブタの丸焼きだって！」

シャノンは読みあげていきます。

「どれも、すっごくおいしそう！」

「あっ、またベルベットがいるわよ」

サマーが前のほうを指さしました。小さな黒い子ねこは、集まった人々のあいだをぬって歩き、なでてくれる人がいるたびに、立ち止まっています。

学校のまわりに、農場がいくつかあってよかった、とペイジは思いました。ベルベットを見かける人はみんな、どこかの農場の子ねこだと思いこむからです。チャームホール学園では、ペットを飼《か》うことは禁止《きんし》されています。だから、ペイジたちの部屋にベルベットが住んでいることは、けっしてもらしてはいけないひみつなのです。

「ベルベットをなでてる女の子を見て！」

と、ペイジは声をあげました。

「リリーよ！」

「こんにちはって、いいにいこう！」

と、シャノンがいいました。

リリーは五歳《さい》の女の子で、学校の管理人《かんりにん》サムさんの孫むすめです。両親がむずかしい話し合いをしているあいだ、サムさんの家にしばらく住んでいましたが、そのあと、ぶじに問題が解決《かいけつ》したので、両親のいる家にもどることができました。

「リリー、こんにちは！」

シャノンが明るく声をかけました。

「中世のお祭り、楽しい？」

リリーはうなずきました。

「すごく楽しい！」

リリーがこたえると、ベルベットがのどを大きくゴロゴロ鳴らしました。

「ママとパパがつれてきてくれたの」

リリーは、ブタの丸焼きの列にならんでいる両親を指さしました。

「リリー、馬に乗った騎士《きし》たちのたたかいは見た？」

ペイジはベルベットの耳のうしろをかいてあげようとしゃがみこみながら、ききました。

「リリーのおじいちゃん、すごかったよ！」

「知ってる」

リリーは、うれしそうににこにこしました。

「ママとパパといっしょに見てたから。あとね、学校の中も見たよ。建物のいっちばん古いところ！」

「ああ、中世の時代に建てられたところね」

とサマーがいうと、リリーはうなずきました。サマーがペイジに説明します。

「リネット先生は、〈中世の日〉にはいつも、学校の建物のうち中世に建てられた部分を、だれでも見られるように公開するの。そういう伝統《でんとう》なのよ」

ペイジはきょうみをひかれ、ききました。

「それって、事務室のそばの廊下《ろうか》でしょ？　あのかわいいまるい塔《とう》があるところ」

シャノンがうなずきます。

「あの廊下も塔も、どっちも中世のものだよ。そういえば、マッケンジー先生が、今年は学校で見つかった中世の品物を展示《てんじ》するっていってなかった？」

「うん、それ、見たよ」

と、リリーが口をはさみました。

「すっごくきれいなむかしのドレスがあって、色がベルベットの首輪とぴったりおんなじなの」

リリーはベルベットを指さしました。ベルベットはシャノンのドレスのすその下に頭をつっこんで、運動ぐつのひもで遊んでいます。

ペイジはワクワクした気持ちでいっぱいになりました。ベルベットといっしょに暮《く》らすうちに、ペイジにはわかってきたのですが、ベルベットがかかわっていることに、ただのぐうぜんなんて、ありえません！　ベルベットは、そのドレスと、なにかつながりがあるにちがいありません。

「ほんとに？」

ペイジはなるべくさりげなくリリーにたずねながら、ちらっとシャノンとサマーのほうを見ました。ふたりの友だちも、ペイジと同じくらいワクワクしているように見えます。

「ほんとに、ぴったりおんなじ色だったの？」

リリーはうなずきました。それから、名前をよばれて、ふりかえりました。

「もう行かなくちゃ。またね」

そういうと、焼きたてのブタ肉をはさんだロールパンを持つ両親にむかって、走っていきました。

「そのドレス、たしかめなくちゃ！」

と、シャノンがいきごんでいいました。ベルベットはいそいそと、リリーのあとをおいかけていきます。リリーの昼ごはんのにおいに、ひきつけられているにちがいありません。

「ベルベットはおなかがぺこぺこみたいね。シャノンもそうじゃなかった？」

サマーがからかいます。

「ドレスのほうがだいじだよ」

シャノンがいいきりました。

「だって、ベルベットのことが、もっとわかるかもしれないんだから！」

「じゃあ、行かなくちゃね！」

と、ペイジはいいました。

三人はドレスのすそを持ちあげると、人ごみをかきわけて、いそぎました。オーク材でできた大きな玄関《げんかん》とびらから入ると、すぐに中世の塔《とう》にむかい、展示《てんじ》を見るために列にならびます。

塔《とう》の中へとつづくとびらをとおりぬけると、説明書きがあり、展示されているものはすべて、学校の建物のうち、中世に建てられた部分から見つかったと書いてありました。品物はそれぞれガラスのケースに入っています。三人はひとつひとつのケースをちらっとのぞいては、リリーのいっていたドレスをさがしました。

ケースのひとつには、銀のかざりボタンがいっぱいならんでいました。金と銀でできた美しい小箱と、古い革製《かわせい》の酒入れがいくつかならぶケースもあります。きらきらかがやく宝石《ほうせき》でかざられた、中世の美しいネックレスや指輪もありました。

「あのドレスよ」

とつぜん、ペイジは部屋のすみにある、背《せ》の高いガラスケースを指さしました。

三人はよく見ようと、マネキンに着せてあるドレスにかけよります。ほかにドレスを見ている人はいなかったので、三人はガラスケースのすぐそばに近づくことができました。

ドレスは赤紫《あかむらさき》のプラムのような色の絹《きぬ》でできていて、えりぐりは四角く、そではゆったり広がっています。スカートのすそは、プラム色のベルベット地のリボンで、ぐるりとふちどられています。

「リリーのいってたとおりだ！」

シャノンがうきうきしながらいいました。

「ベルベットの首輪とぴったりおんなじ色だよ！」

ペイジとサマーもむちゅうになって、うなずきます。何百年も前のドレスにしては、とってもきれいにのこってる、とペイジは思いました。三人はケースのまわりをまわって、いろんな角度からドレスを見つめます。しみもやぶれもなく、布地《ぬのじ》のかがやくような深いプラム色は、少しもあせていません。

ふいに、ペイジの心臓《しんぞう》がドキリとしました。

「見て！」

こうふんのあまり、ことばがうまく出てこなくて、ペイジはドレスのうしろ側を指さしました。

「すそのリボンが、少し切りとられてるみたい」

ペイジは、やっといいました。

「これって……?」

「ベルベットの首輪だ!」

と、シャノンがあえぐようにいいました。

サマーがいそいでケースの正面にまわって、説明書きを読みます。

「このドレスは、貴族《きぞく》の屋敷《やしき》だったチャームホールが、学校になったときに発見された、って書いてあるわよ。それに、まちがいなく十二世紀のものだって!」

シャノンとペイジもいそいで、サマーのそばにかけよります。

「きわめてよく保存《ほぞん》されているが、すそのリボンの一部がない」

と、シャノンがサマーの肩《かた》ごしに読みました。

「リボンは、ドレスが発見されたときから、すでになくなっていた。この時代の服が、このようなよい状態《じょうたい》でのこっているのは、たいへんめずらしいことである。なぜこの服がこれほどよく保存されているのか、歴史学者にもわかっていない」

三人は目をまるくして、顔を見あわせました。

「これはきっと魔法《まほう》だね」

と、シャノンがそっといいました。

「だれのドレスだったのかな」

　ペイジは考えこみます。

「お屋敷《やしき》の中で見つかったんだから、チャーム一族の女の人のドレスだったのかも」

「そうね」

　サマーが賛成《さんせい》し、かべにあるべつの説明書きを見にいきました。

「こう書いてあるわよ。現在のこっている建物の中で、この部分がもっとも古くに建てられた。中世の騎士《きし》が、王さまから土地をあたえられて建てたものである。建物は、中世の時代から、チャーム一族の持ち物であった」

　シャノンがにこにこして、

「ドレスの持ち主は、ベルベットの最初の飼《か》い主《ぬし》だったのかも」

と、思いついたことをいいました。

「でも、そうしたら、ベルベットは八百歳《さい》以上になっちゃう！」

と、ペイジはつぶやきました。

シャノンがうなずきます。

「もしかしたら、ベルベットの最初の飼《か》い主《ぬし》は、魔女《まじょ》だったのかもよ。エステル・チャームみたいに」

三人は歴史の宿題で、エステル・チャームについて調べたことがありました。エステルは十七世紀にチャームホールの屋敷《やしき》に住んでいた女の人です。そして、チャームホール学園を創立《そうりつ》したラビニア・チャーム先生は、エステルの弟の子孫なのです。

考えていると、頭の中がぐるぐるまわってきます。けれどペイジは、ひとつだけたしかだと思いました。ベルベットの首輪は、この中世のドレスのすそからとったものにちがいありません！

「ああ、すっごくワクワクする！」

シャノンが目をかがやかせます。

「でも、はっきりしたことがなにもわからないなんて、くやしいな！」

「わかったこともあるんじゃないかしら」

と、サマーがしずかにいいました。

ふしぎに思って、ペイジは友だちのほうにふりむきました。サマーはドレスのそばをはなれ、石でできたかべにかかっている、中世の織《お》り物《もの》の前にいました。織り物は古くて、ところどころすりきれそうになっていましたが、えがかれている絵はよく見えます。きらきら光る糸でおりこまれているのは、明るい色の花がさきみだれる、美しい庭園の景色《けしき》でした。金色の長い髪《かみ》のおとめが、川のほとりにすわり、たてごとをひいています。そのうしろで、小さな黒い子ねこが、プラム色の首輪をつけて、ちょうちょを追いかけています。

見おぼえのあるすがたに、ペイジははっとして、体が動かなくなりました。

「これはベルベットよ」

サマーが織り物の中にいる子ねこを指さします。

「きっと、そう！　どういうことかわかる？」

サマーはワクワクしたようにいいました。

「つまりね、ベルベットは、ほんとうに何百歳《さい》にもなってるのよ！」

2　ペニーのけが

三人はおどろきのあまり、しばらくなにもいえずに立ちつくしていました。

「こんなこと、ありえないって、わかってるけれど」

サマーは声をふるわせながら、つづけます。織《お》り物《もの》からむりやり目をはなして、ふたりの友だちを見つめます。

「でも、この説明書きを見て。この織り物はおそらく十三世紀の終わりにつくられた、って書いてあるの」

ペイジはゴクンとつばをのみこみました。

「まだ信じられないけど」

と、ささやきます。

「でも、ベルベットがいるところでは、ありえないことなんか、なんにもないのよ！」

「そうだよ。すごい魔法《まほう》を使うの、あたしたち、見てきたもんね」

と、シャノンがいいました。

「なんてったって、ベルベットは魔法ねこだもん」

「考えてもみて」

三人でまた建物から出ていくとき、サマーがうれしそうにいいました。

「もしかしたら、ベルベットは何百年ものあいだずっと、チャームホールで暮《く》らす人たちを助けてくれていたのかもしれないわ！」

ペイジとシャノンが返事をするまもなく、三人の友だちのグレース・ウィルソンが、ポニーテールにまとめた長い黒髪《くろかみ》をなびかせながら、走ってきました。

「アーチェリーの実演《じつえん》、見にいかない？」

と、グレースは三人に声をかけました。

「ペニーが出るの。ハミングバード組みんなで応援《おうえん》しないとね。もうはじまる時間よ」

ペイジははっとして、サマーとシャノンと顔を見あわせると、

「今から行くところよ」

と、こたえました。

グレースはペニーのルームメイトで、ふたりとも、ペイジたち三人と同じハミングバード組のなかまです。

「よかった！」

と、グレースはうれしそうにいいました。

「ほら、ペニーは再来週《さらいしゅう》のスポーツ祭で、ハミングバード組のために、たくさん点をとってくれるはずでしょ？　だから、わたしたちがペニーを応援《おうえん》してるところを、スワン組とピーコック組とナイチンゲール組に見せつけないとね！」

そういうと、グレースは走りさっていきました。

「はあ、あぶなかった！」

と、ペイジはいいました。

「もう少しでグレースに、ベルベットの話を聞かれちゃうところだった！」

「もうこの話はしないほうがいいかもね」

サマーがあたりを見まわしながら、声を落とします。

「少なくとも、だれにも聞かれない部屋にもどるまではね」

シャノンがうなずきました。

「そういえば、ベルベットと中世のことにむちゅうになってて、スポーツ祭のこと、ほとんどわすれてた！　今年はぜったいにピーコック組に勝たなくちゃ……」

サマーがうめき声をあげました。

「もう、スポーツ祭の話はしないでよ！　みんな、その話しかしないんだもの。シャノンはとくにそうよ！」

そういわれても、シャノンがちっとも気にしないのを見て、ペイジはにやりとしました。この数週間、シャノンはほとんど朝から晩《ばん》までスポーツ祭の話ばかりしています。シャノンは走り高跳《たかと》びの競技《きょうぎ》に出ることになっていました。ペイジは四百メートルリレー、サマーは体操《たいそう》です。

「だって、スポーツ祭はだいじなんだよ」

と、シャノンは強くいいました。

「それに、ペイジにとってははじめてのスポーツ祭だから、ぜったいにうまくいってほしいんだ」

「きっとうまくいくと思う。いい予感がするもの」

ペイジは友だちのために、そういいました。

「でも、去年はピーコック組が優勝《ゆうしょう》したんだよね」

シャノンは思い出して、顔をしかめました。

「だから、ペイジのいうとおりになるといいな。だって、わずか一点差だったんだよ。なのに、アビゲイルったら、何週間もじまんしつづけるんだもん！」

ペイジは苦笑《にがわら》いしました。シャノンがぴりぴりしているわけが、よくわかりました。じまんばかりしているアビゲイル・カーターには、ものすごくいらいらさせられることがあります。そうでなくても、もともとシャノンとアビゲイルは気があわないのです。

「だから、今年はそうなってほしくないよね」

と、シャノンは力をこめていいました。

「うん」

ペイジとサマーはうなずきます。

シャノンは満足したようでした。

「わすれちゃいけないのは、今年は優勝《ゆうしょう》できそうだってこと。グレースがいってたけど、ペニーはアーチェリーの名人だから、大量に点をかせいでくれるはずだよ。それに、サマーも去年、体操《たいそう》ですごくかつやくしたからね」

「今年はそんなにうまくできないかもしれないけど」

と、サマーがけんそんしました。

「もちろん、できるよ！　ものすごくじょうずだもん！」

と、シャノンが自信をもっていいました。

三人はアーチェリーの的《まと》がおかれた競技場《きょうぎじょう》にたどりつきました。

「みなさまにお知らせいたします」

と、うしろのスピーカーから大きな声がして、ペイジはびくっとしました。

「残念ながら、ペニー・ハリスが手首のけがのため、アーチェリー競技《きょうぎ》に出られなくなりました」

ペイジがふりむくと、ペニーが競技場から出ていくのが見えました。手首をおさえ、保健室の先生につきそわれています。

「たいへん！」

と、シャノンががっかりした顔でさけびました。

「ペニーがけがしちゃったなんて！　スポーツ祭はどうなっちゃうんだろう。ペニーのアーチェリーの点数が入らないと、ピーコック組に勝つのはすっごくむずかしいのに」

「ああ、かわいそうなペニー！　ひどいけがじゃないといいけど」

と、サマーが声をあげます。

シャノンがきゅうに、ものすごくばつの悪そうな顔をするのを見て、ペイジは思わず、にやりとしてしまいました。友だちのことより先に、点数の心配をしてしまったからです。

「あ……あたしもそういうつもりだった！」

と、シャノンはいそいでつけたしました。

アーチェリーの競技場《きょうぎじょう》に、ほかの選手たちが、弓と矢を持って入っていきます。

「そこまでひどいけがじゃないかもよ」

と、ペイジはいってみました。

「スポーツ祭まであと二週間もあるから、ペニーの手首も、それまでにはなおるかも」

「そうだね」

と、シャノンは少し元気になっていいました。

アーチェリーの実演《じつえん》がはじまるのを、三人はながめていました。アーチェリーの的《まと》は、いくつかの色の輪と円でできています。まんなかに金色の円があり、そのまわりに赤い輪、さらにそのまわりに青い輪、黒い輪とつづき、いちばん外側が白い輪です。

どの輪と円も、内側と外側のふたつの部分にわかれているので、矢を当てる輪は、まんなかの円をふくめて、全部で十あります。

「どうやって点を数えるの？」

と、ペイジはふしぎに思ってききました。最初の選手が矢を放って、青い輪に当てたところでした。

「ああ、それなら、前にペニーに教えてもらったわ」

と、サマーが自信たっぷりにいいました。

「それぞれの輪は点数がちがうの。いちばん外側の白い輪は一点、その内側の白い輪は二点、黒い輪の外側は三点、内側は四点、っていうふうに決まってるのよ」

色をぬった的《まと》にむかって、矢がビュンととんでいくのを見ながら、ペイジは、アーチェリーっておもしろそう、と思いました。でも、むずかしそうでもありました。ペイジには、的に当てるどころか、弓で矢を射《い》ることさえできない気がします！　まだ、まんなかの金の円に当てた人はだれもいません。ペニーだったら当てたのかな、とペイジは思いました。

実演《じつえん》のあいだ、シャノンがどんどん落ち着きをなくしていったことに、ペイジは気がつきました。やがて、競技場《きょうぎじょう》からすべての選手がいなくなると、シャノンはサマーとペイジのほうを見ました。

「これから、ペニーのようすを見にいってくる」

心配そうにいいます。

「よくなってきてるかもしれないし。すぐもどってくる」

「わかった」

ペイジが返事をするかしないかのうちに、シャノンは人ごみの中に消えてしまいました。

サマーが笑い声をあげ、首を横にふると、ペイジにいいました。

「スポーツ祭のことになると、チャームホール学園の人はみんな、ちょっとおかしくなっちゃうのよ」

「うん、気づいてた」

と、ペイジは笑いながらこたえました。

「リレーのことがすごく心配になってきちゃった。バトンを落としたり、くつひもにつまずいたりしたら、どうしよう」

「スポーツ祭まで、まだ二週間くらいあるわ。だから、わたしたち、練習する時間はいっぱいあるわよ」

と、サマーがはげまします。

とつぜん、ペイジの足首を、だれかがそっとトントントンとたたきました。見おろすと、ベルベットが大きな金色の目で見あげています。

「こんにちは、ベルベット！」

ペイジはしゃがみこんで、子ねこをだきあげました。

「〈中世の日〉を楽しんでるの？」

ベルベットは「ミャー」というと、ペイジのうでの中にいごこちよくおさまりました。

「数百歳《さい》には見えないわね」

と、サマーがささやきます。

「ほかの子ねこと変わらないもの。ベルベットのほうが、ずっとかわいいけどね！」

ペイジはうなずいて、ベルベットのなぞめいた目をのぞきこみます。子ねこがしゃべってくれたら、どんなにかいいのに。ベルベットなら、おもしろくてふしぎな物語をいっぱい話してくれそうなのに……。

「ねえ、なにか食べにいかない？」

と、サマーがいいました。

「おなかすいちゃった！　ちょうどふたり分、なにか買うくらいのお金ならあるわよ」

「うーん、ブタの丸焼きのいいにおいがする！」

ペイジはあたりのにおいをかいで、いいました。

「きっとベルベットもおなかがすいてると思うの」

ペイジとサマーは、ブタ肉をはさんだロールパンを売る店の列にならぶために、走っていきました。子ねこも鼻をくんくんさせて、あたりのにおいをかぎ、とてもきょうみを持ったように、ひげをぴくぴくさせています。

「あら、あんたたち！」

ブタ肉を焼いていた、ジョーンさんという学校の食堂のおばさんが、声をかけてきました。

「楽しんでる？」

ジョーンさんは、ペイジにだっこされて、ぬくぬくしているベルベットを見て、にっこりしました。

「どうやら子ねこちゃんも〈中世の日〉を楽しみにきたみたいだね！」

「あ、ベルベットのことですね」

サマーがなにげなくいいます。

「いつもいるから、まるでチャームホール学園に住んでるみたいですよね！」

ペイジはひそかに、にこにこしました。ジョーンさんはねこが大好きなので、学校が休みになって、ペイジとシャノンとサマーがいないときは、かわりにごはんをあげてくれます。けれども、学校のほかの人と同じように、ジョーンさんも、ベルベットが近くの農場から遊びに来るねこだと思いこんでいました。

ペイジとサマーは、ブタ肉にりんごソースをかけてはさんだロールパンを、それぞれ買いました。ジョーンさんはおまけとして、ベルベットのために、ブタ肉の切れはしまでくれました。ペイジはベルベットを芝生《しばふ》の上におろしました。ベルベットはとても満足そうに、おやつをくわえて、近くの店の下にさっともぐりこんでいなくなりました。

「うわあ、おいしそう」

ペイジはうれしくなって息をつき、あぶらののった焼きたてのブタ肉入りロールパンを食べようと、口をあけました。

とつぜん、ロールパンがぱっとなくなりました。ペイジはおこって、だれがとったのかとふりむきました。

「シャノン！」

ペイジはびっくりして、ぽかんと友だちを見つめます。シャノンはペイジのロールパンを持っていました。

「なんでそんなことするの？」

「ペイジのためなんだよ。こんなの、食べちゃダメ！」

シャノンは強くいって、ペイジの手がとどかないように、ロールパンを遠ざけました。

「残念だけど、ペニーはスポーツ祭に出られないみたい。だから、あたしたちみんなで、猛《もう》練習しなくちゃ！　ハミングバード組はどうしても今年、ピーコック組に勝たないといけないの。なのに、みんなでブタの丸焼きをがつがつ食べてたら、勝てないよ……あぶらのとりすぎ！」

「シャノンのいうとおりよ」

と、サマーがそしらぬ顔で、口をはさみます。サマーのブタ肉入りロールパンがなくなっているのに気づいて、ペイジはおどろきました。

「よかった、これで問題解決《かいけつ》だね！」

と、シャノンが満足そうにいいました。

「じゃあ、体にいいフルーツを買ってこようっと」

シャノンはそういうと、ペイジのロールパンを持って、行ってしまいました。

シャノンがいなくなったとたん、サマーがペイジの顔を見て笑いだし、せなかのうしろにかくしていた自分のロールパンをとりだしました。

「シャノンはスポーツ祭で勝つことしか考えられないの！」

と、サマーがいいました。

「でも、わたしのブタ肉ロールパンには手をつけさせないわよ！　いっしょに食べない？」

ペイジはありがたく分けてもらいました。

「いったいどうやってつきあっていけばいいの？　スポーツ祭まで、あと二週間もあるのに」

ロールパンをひと口かじって、ペイジはいいました。

「これから、どんどんひどくなるわよ！」

と、サマーが予想を口にしました。

ロールパンを食べ終わったとき、うしろから大声が聞こえました。ペイジがふりむくと、少しはなれたところに、グレース・ウィルソンが立っていました。同じ学年のヘイリー・ベルという女の子とむかいあって、おたがい顔をまっかにして、どなりあっています。

「ねえ、サマー」

と、ペイジはいそいでいいました。

「なにがあったのか、見にいかなくちゃ！」

3　走り高跳《たかと》びの練習

ペイジとサマーはいそいで、グレースとヘイリーのそばに行きました。近づくと、話の中身がわかり、ペイジは顔をしかめました。

「あんたたちハミングバード組は、自分たちがえらいと思ってるみたいだけど！」

と、ヘイリーが声をはりあげています。

「でも、スポーツ祭で優勝《ゆうしょう》するなんて、ありえないから！　ペニーが出られないんじゃね！」

「ふん、楽勝だと思ったら大まちがいよ！」

と、グレースがいいかえします。

「ハミングバード組がいちばん強いんだから。今年はぜったい優勝《ゆうしょう》するわ！」

「またスポーツ祭の話よ」

と、サマーがうんざりした声をあげました。

ペイジはうなずきました。どうやら、だれもが熱くなっているようでした。シャノンだけではなかったのです。

「どうしたの？」

と、うしろで声がしました。ペイジがふりむくと、シャノンがフルーツをさしたくしを三本持って立っています。

「グレース、みとめちゃえば？　ペニーがいなくちゃ、勝てないって！」

ヘイリーがこばかにしたようにいいました。それから、はじめてペイジとシャノンとサマーに気づいて、目をきっと細めました。

「じゃ、スポーツ祭でね、負け組さんたち！」

そういうと、ヘイリーはさっといなくなってしまいました。

「ここにいる負け組はヘイリーだけよ！」

遠ざかるヘイリーのせなかにむかって、そうさけぶと、グレースはぷんぷんしながら、歩きさりました。

「へえ！」

シャノンは首を横にふって、フルーツのくしをわたしながら、いいました。

「スポーツ祭のことであんなにいらいらする人がいるなんて、ふしぎだね。だって、スポーツ祭って、楽しむためにあるんじゃない？」

ペイジはりんごをのどにつまらせそうになりました。サマーはびっくりして、目を見ひらいています。

「わかった、わかった！」

シャノンは笑いながら、少してれくさそうな顔をしました。

「でも、あたし、ヘイリーとグレースほどひどくないよね？」

「うーん、そんなにちがわない気がする！」

ペイジはからかうようにいいました。

「これからは、もうちょっと落ち着くようにする」

と、シャノンは約束《やくそく》して、フルーツにかじりつきました。

「ピーコック組がつづけて優勝《ゆうしょう》さえしなければ、それでいいんだけどね。ハミングバード組が勝てなくても、スワン組かナイチンゲール組が勝ってくれれば、まだいいの。でも、ピーコック組だけは……」

シャノンはことばを切りました。

「あたし、またやってるよね？」

「うん！」

ペイジとサマーはいっせいに声をあげました。

「またスポーツ祭のことで力が入りすぎてたら、だまれって、いつでもいってね」

と、シャノンがいいました。

「それができるならね」

サマーがいたずらっぽくほほえみます。

「だって、ずっといいつづけないといけなくて、たいへんだもの。わたし、学校の勉強もしないといけないのに！」

シャノンはサマーにむかって、ベーっと舌《した》を出しました。それから、三人そろって、げらげら笑いました。

「きのうはみなさんのおかげで、すばらしい〈中世の日〉になりました」

校長のリネット先生が、講堂《こうどう》ですわっている生徒たちにほほえみかけました。朝礼はもうすぐ終わるところでした。

「それから、授業《じゅぎょう》に行く前に、もうひとつお知らせがあります。スポーツ祭で使う用具が、外のグラウンドにじゅんびされています」

講堂じゅうにうれしそうなざわめきがひろがり、ペイジはシャノンとサマーのほうをちらっと見ました。

「時間があるときに、いつでも練習していいですよ」

と、リネット先生がつづけます。

「ただし、練習するときはいつも、ふたり以上でいること。それから、みなさん」

リネット先生の青い目が、するどく講堂を見わたします。

「おぼえておいてください。いっしょうけんめい練習して全力をつくすのはとてもいいことです。ですけれど、スポーツ祭は、楽しむものです！　わたくしからの話はこれで終わります」

「リネット先生って、よく見てるよね」

朝礼が終わり、みんなで列になって講堂《こうどう》を出るとき、シャノンがしゅんとしていいました。

「よく見てなくても、みんながこうふんしてることはわかるわよ」

と、サマーがいいました。

「みんな、その話しかしていないんだもの！」

「きのうの夜、アビゲイルが、今年もぜったいピーコック組が優勝《ゆうしょう》する、っていってるのを聞いちゃったんだ」

と、シャノンがうめくようにいいました。

「あーあ、ペニーがけがさえしてなかったら！」

「しーっ！」

と、ペイジはささやきました。ペニーとグレースが近づいてくるのが見えたからです。

ペニーは少しあおざめた顔をして、手首にほうたいをまいていました。

「あっ、ペニー。ぐあいはどう?」

と、ペイジはたずねました。

「あんまりよくないの」

ペニーは顔にかかった長い金髪《きんぱつ》をふりはらって、少し気まずそうにこたえました。

「スポーツ祭に出られなくて、ほんとにがっかり」

「気にしちゃだめだよ、ペニー」

と、シャノンがなぐさめます。

ペニーとグレースが行ってしまうと、シャノンは決心したような顔つきになりました。

「ペニーが出られないなら、あたしたちみんなが、少しずつ得点をふやさないと!」

シャノンははりきってつづけました。

「きっと、できるよ! 今日の午後の体育で、ドレイク先生がスポーツ祭の練習をさせてくれるかも！」

「じゃ、あとでね、サマー！」

シャノンが声をかけ、ペイジといっしょに、外のグラウンドへむかいました。午後の体育の時間です。シャノンが願っていたとおり、体育のドレイク先生はスポーツ祭の練習をさせてくれることになりました。

サマーは手をふって、体育館にむかいます。

「サマーはあんまり練習する必要ないよね」

と、シャノンがいいました。ペイジとシャノンはグラウンドに出てきました。春の午後はぽかぽかと気持ちよく、頭の上には青い空がひろがっています。

「だって、体操《たいそう》があんなにじょうずなんだもん」

「そうね。でも、わたしはいっぱい練習しなくちゃ」

といって、ペイジは少し心配になりました。

「バトンのうけわたしの練習って、ほんのちょっとしかしたことがないの」

「だいじょうぶだよ」

と、シャノンがはげましました。

グラウンドには、スポーツ祭に使う用具がじゅんびされていました。走り高跳《たかと》びのバーや、走り幅跳《はばと》びの砂場《すなば》、アーチェリーの的《まと》などがおいてあります。リレーのバトンや、槍投《やりな》げの槍、アーチェリーの弓などもならんでいます。

「ペニーのぐあいはどう？」

みんなでドレイク先生が来るのを待っているあいだ、ペイジはグレースにたずねました。ペイジは、けがをしたペニーのすがたが見えないことに気づいていました。

グレースは顔をしかめました。

「よくなってないの。ドレイク先生はペニーに、体育を休んで、図書館に行きなさいっていったのよ」

「はい、みんな、自分の競技《きょうぎ》の練習をはじめるように」

グラウンドのむこうから早足で近づいてきたドレイク先生が、声をあげます。

「各競技をまわって、ひとりずつ指導《しどう》していきますからね」

グレースは、ほかの女の子たちが集まっている、走り幅跳《はばと》びの砂場《すなば》にむかいました。

ペイジはシャノンのほうを見ました。

「がんばってね！」

「ほんと、がんばらないと！」

シャノンはため息をつきました。

「アビゲイルも走り高跳びに出るなんて、知らなかったもん」

ペイジは走り高跳びのバーのほうを、ちらっと見ました。リレー競技《きょうぎ》のトラックのすぐ横にあります。アビゲイル・カーターはもうそこに走っていっていて、まっさきにならんでいます。きれいだけれどきつい顔に、うぬぼれた満足そうな表情《ひょうじょう》をうかべています。

「シャノンなら、だいじょうぶ」

と、ペイジははげましました。

「ありがとう」

シャノンはペイジにむかって、にやりとしました。

「リレーのバトンがとんできて、よけることにならないといいな！」

ペイジは笑いながら、競技《きょうぎ》トラックへ行き、チームメイトのオリビア・チャンドラー、ローズ・バーカー、セアラ・サットンといっしょになりました。四人はバトンのうけわたしがうまくできるように、練習をはじめました。けれどもペイジは、シャノンのことが気になって、つい、走り高跳《たかと》びのバーのほうをちらちら見てしまいます。すでに、アビゲイルが自信たっぷりにバーをとびこえ、バーをスタンドから落とさなかったのを見ました。

もう一度ふりかえると、シャノンが助走をはじめるのが見えました。ドレイク先生がじっと見つめています。ペイジは心配になりました。シャノンはアビゲイルにくらべると、ぜんぜん自信がない感じがします。ペイジは走り高跳びのことをまったく知らないのに、シャノンがバーに走っていくようすが、どこかへんだとわかりました。

「シャノン、さっきいったことを思い出して」

と、ドレイク先生がいいました。

「バーの手前、三歩でふみきるのよ」

シャノンはいっしゅんためらったあと、走りつづけましたが、いきおいがなくなっていました。ジャンプしたとき、両うでがバーにぶつかり、バーはシャノンの体の上に落ちてきました。シャノンがとんだとき、アビゲイルが笑ったのを見て、ペイジはかっとなりました。

「あら、運が悪かったわね、シャノン！」

と、アビゲイルが軽くいいました。

「ほかのみんながバーを落とさずにとべたからって、はずかしがることないわよ。もうちょっと練習すればいいだけじゃないかしら」

「もう一回やってみて、シャノン」

と、ドレイク先生がはげますようにいいました。

ペイジには、立ちあがったシャノンが、かんかんにおこっているのがわかりました。だから、二度目のときもバーにぶつかって落とすのを見ても、おどろきませんでした。

「ペイジったら！」

と、オリビア・チャンドラーがおこって声をあげました。ペイジのうしろで横すべりして止まります。

「バトンをわたそうとしてるのに、よそ見ばっかり！」

「ごめんね」

と、ペイジはあやまりました。

そのあとは、リレーに集中しようとしましたが、なかなかうまくいきません。ペイジが見たかぎりでは、シャノンは一度もバーをとびこえられていません。何度ためしても、だめでした。

体育の授業《じゅぎょう》が終わると、ペイジは友だちのところへかけよりました。

「シャノン、だいじょうぶ？」

心配して、声をかけます。

「あたし、六回もやったのに、一度もバーをとびこえられなかった！」

シャノンはがっかりしていました。

「なのに、アビゲイルは一度もバーを落とさなかったの！」

「今日は集中できなかっただけよ。アビゲイルがいやがらせをいうから」

と、ペイジは思ったことをいいました。

「まったくだよ！」

シャノンはため息をついて、さっそうと校舎《こうしゃ》に入っていくアビゲイルをにらみつけました。

「でもね、アビゲイルのほうが、ずっとうまいのは、ほんとなんだ」

「自分をせめないで」

と、ペイジははげましました。

「もう少し時間をかければいいのよ」

でも、シャノンが聞いていないことに、ペイジは気づいていました。

体育がその日の最後の授業《じゅぎょう》だったので、ペイジとシャノンはまっすぐ部屋にもどりました。サマーはまだもどっていません。ペイジはメールが来ていないかたしかめるために、パソコン室に行こうといいました。

「そんな気分じゃないの」

と、シャノンはしょんぼりしていいました。

「ペイジは行ってきて。あたしは宿題を終わらせなきゃ」

ペイジはうなずくと、ドバイにいるお母さんとお父さんにメールを書くために、パソコン室に行きました。けれどもシャノンのことが心配で、メールに気が入りません。

パソコン室を出て、階段《かいだん》をのぼっていくと、体操《たいそう》の練習からもどってきたサマーにばったり会いました。

「ねえ、どうしたの？」

サマーは、心配そうな顔をしているペイジを気にかけて、たずねました。

ペイジはすぐに、シャノンの走り高跳《たかと》びのことを話しました。

「すごく落ちこんでるの」

と、ペイジは最後にいいました。

「だけど、あんなに落ちこんだままだったら、うまくいきっこないと思うの」

「じゃあ、わたしたちで、元気になってもらえるようにしたらいいんじゃない？」

サマーはそういって、部屋のドアをあけました。

シャノンはまだしょぼんとして、ベッドのパッチワークキルトの上に足を組んですわっていました。まわりに教科書をひろげています。シャノンの足の上に、ベルベットがまるくなって、ぴったりおさまり、のどをゴロゴロ鳴らしつづけています。シャノンがそっとなでると、ベルベットは目を半分とじました。

「ベルベットも、わたしたちと同じこと考えてたみたい！」

と、ペイジはいうと、サマーのほうを見て、にこっとしました。

「シャノン、どうしたの？」

と、サマーがききました。

「ああ、だいじょうぶ。たぶん」

シャノンは顔をしかめました。

「あたしがぜんぜんダメなせいで、ハミングバード組のみんなをがっかりさせるのが心配なだけ。もう、なんで走り高跳《たかと》びなんてえらんじゃったんだろう」

「ダメなんかじゃないわよ」

と、サマーがはっきりといいました。

「シャノンは走り高跳びがうまいじゃない。わたし、見たことあるもの」

シャノンはため息をつきました。

「そうだけど、アビゲイルほどうまくないし、もしハミングバード組が負けたら、全部あたしのせいだよ」

シャノンはふさぎこんでいます。

「そんなこといわないでよ、シャノン」

ペイジは首を横にふりました。

「スポーツ祭はチームプレーだもん」

「それに、シャノンは心配しすぎてると思うの」

と、サマーがいいました。

「心配しても、うまくいかないわ。アビゲイルのほうが今うまいからって、それがなんなの？　まだ二週間、練習できるのよ」

「ねえ、オリンピックに出るのはむりでも、アビゲイル・カーターには勝てると思うな！」

と、ペイジがつけくわえます。

「よかったら、あとでサマーといっしょに、練習につきあってもいいけど？」

ミャー、とベルベットがいいました。

「聞いた？」

と、ペイジはにっこりしていいました。

「ベルベットも、わたしたちのいうとおりだって！」

シャノンの顔つきが少し明るくなりました。

「ふたりとも、ありがとう。それに、ベルベットもね！」

シャノンは子ねこのやわらかい鼻先をなでました。

「ずっと気分がよくなったよ」


自習時間が終わると、三人は外に出ました。ベルベットはベッドの上でねそべったままにしておきました。グラウンドにはちらほら生徒たちがいて、走り幅跳《はばと》びの砂場《すなば》やアーチェリーの的《まと》を使っています。けれども、走り高跳びのバーはあいていました。

「アビゲイルがいなくてよかった」

シャノンはそういいながら、じゅんび運動をはじめました。

「いたら、やる気をなくしてたと思う」

「アビゲイルのことはわすれて」

と、ペイジはいいました。

「ドレイク先生にいわれたことだけ、考えるのよ」

「バーの手前、三歩でふみきって、体をそらせる！」

と、シャノンはつぶやきました。

「最初はバーをあんまり高くしないほうがいいわね」

と、サマーがいいました。ペイジとふたりで、バーを何段《だん》かさげます。

シャノンは決意した顔つきで、助走をはじめました。ペイジは息をこらし、バーをクリアできますように、と願いました。けれど、シャノンがバーをとびこえるとき、かかとがバーにさわり、バーはマットにおりたシャノンの上に落ちてきました。

ペイジは、シャノンのことを思って残念な気持ちでしたが、おどろいたことに、シャノンはぱっとはねおきて、うれしそうにしています。

「今の、わりとよかった気がする！」

と、シャノンはしっかりといいました。

「バーを落としちゃったけど、今日とんだなかでは、いちばんのできだったかも。もう一回やってみる！」

「そのちょうし！」

ペイジがはげまします。

シャノンはうなずき、二回目のジャンプをとぶため、位置につきました。

数秒後、ペイジとサマーはいっせいに歓声《かんせい》をあげて、はくしゅしました。シャノンがよゆうをもって、バーをとびこえたのです。

「やった！」

ペイジはさけび声をあげ、はしゃいでとびはねました。

「らくらくとんでたわよ！」

と、サマーがいいそえます。

「ほんとだね！」

シャノンはにこにこしています。

「バーをもうちょっと高くしてみよう」

ペイジとサマーがバーをあげて、じっと見つめるなか、シャノンはジャンプをつづけます。バーを一段《だん》あげるたびに、シャノンはクリアできるまで何回かとばなくてはなりませんでした。それでも、とべるまでつづけていきます。

「もうみんな行っちゃったのね」

しばらくしてから、ペイジがグラウンドを見わたしていいました。

「あと三十分で夕ごはんの時間よ」

「それに暗くなってきたわ」

うす暗がりのなかで目を細めながら、サマーがシャノンのほうを見ます。

「シャノン、もうやめたほうがいいわよ。ジャンプのフォームがかたまってきたから残念だけど、バーがよく見えなかったら、けがするかもしれないもの」

「今日の体育でやった、いちばん高い位置だけ、ためさせて」

シャノンはいそいでバーを一段あげました。

「アビゲイルはわりとかんたんにとんでたんだ。あたしもやってみたいの！」

「もう暗くてむりよ」

ペイジはいいたくないことをいいました。シャノンは見るからに、ちょうしがあがっていて、自信をとりもどしています。ここでやめるのはもったいないと、ペイジも思いました。

ミャー！

三人がふりむくと、たそがれのなかを、ベルベットがとことこ歩いてきます。

「ベルベット、わたしたち、もう帰るところよ」

サマーが子ねこをなでようとして、かがみました。そして、あっと息をもらし、声をあげました。

「ベルベットのひげを見て！　また魔法《まほう》を使おうとしてるのよ！」

ペイジは体じゅうがふるえるくらいワクワクしてきました。ベルベットのひげにそって、見おぼえのある金色のきらめきがあらわれ、子ねこの顔をかがやかせます。

「なにをしようとしてるんだろう」

と、シャノンがふしぎそうにいいました。そして、つぎのしゅんかん、うれしそうにさけびました。

「わあ！」

ペイジは息をのんで、目の前におこっていることを見つめます。銀色にまばゆく光るたくさんの星が、ベルベットのひげからどんどん流れでていきます。三人がおどろいて見ていると、星はさーっと流れにのって、走り高跳《たかと》びのバーと、バーをささえるスタンドのまわりをとりかこみました。まるで、クリスマスツリーをかざる明かりのようです。けれど、ペイジが見たことのあるどんなクリスマスツリーの明かりよりも、ぴかぴかかがやいています。

「なんてきれいなの！」

サマーがうっとりしていいました。

「こんなにきらきらかがやいているもの、見たことがないわ！」

ベルベットが、今は銀色の星にてらされた走り高跳びのバーのそばへ走り、期待するようにシャノンを見つめます。

「ベルベットは、あたしにもう一度とんでほしいんだ！」

シャノンが笑い声をあげました。

「じゃあ、待たせないで、とんでみて！」

と、サマーが声をかけます。

「今なら、バーがとってもよく見えるからね！」

ペイジはにこにこして、つけくわえました。

シャノンはきらきら光る星をじっと見つめて、助走をはじめました。ふみきって、せなかをそらし、高くなったバーを一回でクリアします。ペイジとサマーは大きな歓《かん》声《せい》をあげました。

「やった！」

と、シャノンはさけぶと、おきあがって、うれしそうにマットの上でとびはねました。

「すごーい！」

ペイジとサマーはものすごいいきおいではくしゅしました。

「あたし、もう一度やってみなくちゃ！」

シャノンがはしゃいでいいます。

ベルベットが、満足そうに「ミャー」と鳴いて、暗がりに消えていくのを見て、ペイジとサマーはにこにこ笑いました。

「ありがとう、ベルベット」

ペイジは子ねこによびかけました。シャノンはまた助走をはじめています。

「もう、シャノンを止められないみたい！」

五分後、シャノンは四回も

らくらくとバーをとびこえていました。

「信じられない！」

シャノンはとくいになって、うれしそうに顔をかがやかせています。

「今なら、バーをもっと高くしても、とべそう！」

「それはまた今度にしたほうがいいみたいよ」

ペイジはバーを指さしました。

「ほら、星が消えていく」

「もうすぐ夕ごはんの時間だからよ」

サマーがうで時計を見ていいました。

「シャノン、あと十分でもどって着がえなくちゃ！」

三人は大いそぎで校舎《こうしゃ》にもどりました。建物に入るとき、ペイジはちらっとふりかえりました。さっきの星はすっかり消えて、グラウンドはまっくらです。ほんの少し前まで、走り高跳《たかと》びのバーが銀色の魔法《まほう》の光にてらされていたなんて、まったくわかりません。

三人が部屋に入ると、ベルベットはもうもどっていて、シャノンのベッドでくつろいでいました。子ねこは三人をむかえるように声をあげ、ぐんとのびをしました。それから、ぴょんととびおりると、三人にまとわりついて体をすりよせ、足のあいだを出たり入ったりしました。

「ベルベット、ほんとにありがとう！」

シャノンは子ねこをだきあげて、ぎゅっとだきしめました。

「なんだか、すっきりした。ひょっとしたら、ハミングバード組にだって、優勝《ゆうしょう》のチャンスがあるかもよ。たとえペニーがいなくたってね」

4　卓球《たっきゅう》の試合

「このあいだ、お金をかしてくれて、ありがとう」

クラスの人たちが算数の教室にむかうとき、ペイジはペニーに借りていたお金を返しました。

「手首はどう？」

その週の水曜日のことでした。シャノンがもとの明るいシャノンにもどったので、ペイジはほっとしていました。ベルベットの星に助けられて、特別に練習したことが、とてもよかったのです。ペイジも、いっしょにリレーを走る女の子たちと練習をかさねるうちに、だいぶ自信がついてきました。けれども、ペニーはあいかわらず元気がありません。

ペニーはほうたいをまいた手首をかかげてみせました。

「ぜんぜんよくなってないの。まだすごくいたくて。スポーツ祭はもうぜったいにむり」

「そんなに落ちこまないで、ペニー」

サマーがなぐさめます。

「これでおしまいってことはないもの。スポーツ祭はこれからもたくさんあるわ」

「そうよ。とにかく、けがをなおすことだけ考えていればいいのよ」

と、ペイジもいいそえます。競技《きょうぎ》に出られなくて、見るからにがっかりしているペニーがかわいそうでなりません。

「ペニーはものすごく落ちこんでると思わない？」

算数の教室で席につくとき、サマーがシャノンとペイジにそっとききました。

「うん、そう思う」

と、シャノンがこたえます。

「きのうの午後、理科の実験でいっしょだったけど、ペニーはつぎになにをするのか、わすれてばっかりだった。全部、黒板に書いてあったのに。なんだか、スポーツ祭に出られないってことしか、考えられなくなっちゃったみたいだね」

「おしゃべりは禁止です！」

スターク先生は入ってきたとたん、かみつくようにいうと、黒板の前へ行きました。すぐさま分数の計算問題を書いていきます。

「すぐに計算をはじめなさい。十五分たったら、答え合わせをします」

ペイジは下をむいて、計算問題に集中しました。となりで、シャノンが小さなため息をつくのが聞こえました。算数はあまりとくいではないのです。

「では」

十五分後に、スターク先生がてきぱきといいました。

「答え合わせをします。ペニーから」

ペイジは、ペニーが席についたまま、びくっとしたことに気づきました。

「は、はい、スターク先生」

ペニーはつっかえながら返事をしました。

「最初の問題の答えはなんですか？」

スターク先生がいらいらしてききます。

「あの……三分の二？」

ペニーはよわよわしい声でこたえました。

ペイジは顔をしかめました。最初の問題はいちばんかんたんなのに、算数がとくいなはずのペニーが、答えをまちがえているようです。

スターク先生はまゆをあげました。

「ちがいます。シャノン」

「四分の三？」

シャノンは自信なさそうにこたえ、スターク先生がうなずくと、ほっと息をはきだしました。

「二番目の問題にこたえなさい、ペニー」

と、スターク先生がひややかにいいました。

ペニーはくちびるをかみしめ、体をすくめます。ペイジはきのどくになりました。ペイジが思っていた以上に、ペニーはけがのことを気にしているようです。身のまわりのすべてのことに、手がつかなくなっているようでした。

「八分の五？」

ペニーがつぶやきます。

「また、ちがいます！」

スターク先生はぴしりといいました。

「まったく。あなたはもっとできるはずですよ、ペニー」

スターク先生はつぎの人をさし、その人が正しい答えをいいました。ペイジはペニーをなぐさめようと、ほほえみかけました。落ちこんでいるペニーを見るのがつらかったのです。もしかしたら、サマーとシャノンとわたしで、ペニーのことを元気づけてあげられないかな、とペイジは思いました。あとで、ふたりに相談してみよう。

「ねえ、ペニーの力になれるような方法を、新しく考えたほうがいいと思うの」

と、ペイジはいいました。サマーとシャノンと三人で、昼ごはんを食べおわり、食堂を出るところでした。今日は金曜日です。三人はこれまで、ペニーをさそって、いっしょにボードゲームで遊んだり、ＤＶＤ《ディーブイディー》を見たりして、元気になってもらおうとしましたが、うまくいきませんでした。ペニーは落ちこんだままでした。

「そうだね」

と、シャノンが賛成《さんせい》しました。

「今朝《けさ》も、算数で計算を全部まちがえて、スターク先生がかんかんにおこってたもん！」

「ペニーは今、どんなことにも、きょうみがないみたいね」

ペイジが気づいたことをいいました。

「夕方、社交室に来て、テレビを見ることもなくなっちゃったもん」

「スポーツ祭のことで、みんながさわいでいるからじゃない？」

と、サマーがいいました。

「スポーツ祭まで、あと一週間ちょっとしかないわ。それで、すごく落ちこんでいるんじゃないかしら」

「でも、あたしたちがペニーのことをあきらめちゃだめだよ！」

と、シャノンがいきおいこんでいいました。

「とにかく、いつものペニーにもどってもらえる方法を、さがしつづけなくちゃ。午後の授業《じゅぎょう》の前に、社交室に行って、いっしょに考えようよ」

「いい考え」

と、ペイジは賛成《さんせい》しました。

社交室はおしゃべりしたり、くつろいだりして楽しむのにぴったりの場所です。すわりごこちのよいソファに、テレビ、卓球台《たっきゅうだい》、ボードゲーム、いろんな雑誌《ざっし》の最新号などがおいてあります。

三人が入っていくと、社交室はこみあっていました。卓球台のまわりに、女の子たちがむらがっています。

「あっ、卓球の試合をやってるんだ！　見にいこうよ」

と、シャノンがはりきっていいました。

卓球台《たっきゅうだい》をかこむ人たちの中に、グレースがいたので、三人はそばに行きました。

「ハイ！」

グレースが三人にほほえみます。

「メリッサ対ヘイリーの決勝戦なの。ハミングバード組対ピーコック組よ！　これからはじまるところ」

「おお、これはおもしろそう！」

シャノンが身をのりだします。

「がんばれ、メリッサ！」

ペイジは卓球台を見まわしました。メリッサ・コックスとヘイリー・ベルが、それぞれの位置について、ラケットをかまえています。見ている女の子たちは、ほとんどがハミングバード組かピーコック組で、あたりははりつめた空気につつまれています。スポーツ祭まであと一週間と少ししかありません。ハミングバード組とピーコック組のライバル意識は、ますます高まっていました。

「ヘイリー・トゥ・サーブ」

審判《しんぱん》になっているナイチンゲール組のリサ・オーエンがいいました。ヘイリーがサーブするという意味です。

ヘイリーはものすごく集中して、ラケットの前で、ボールの位置を決めました。

シュッ！　ボールが、卓球台《たっきゅうだい》の反対側にいるメリッサにむかって、とんでいきます。あまりにもはやくて、ぼやけた白いかたまりにしか見えません。ペイジは息をのみました。あんなボール、打ちかえせるわけないじゃない！

バシッ！　メリッサがタイミングをぴたりとあわせて、バックハンドで打ちかえしました。ボールはすぐさまネットをこえて、ヘイリーにもどります。さっと横をとおりすぎたボールを、ヘイリーは空中に高く打ちあげました。ペイジが息をこらして見ていると、ボールはメリッサのほうへ落ちていきました。メリッサはいっしゅんもボールから目をはなしません。フォアハンドでいきおいよくスマッシュすると、ボールはくるくる回転しながら、卓球台の反対側にとんでいきます。今度は、ヘイリーはまにあいませんでした。ボールは台の上ではねかえると、床《ゆか》に落ちて、ソファの下にころがっていきました。

「ラブ、ワン！」

審判《しんぱん》のリサが声をあげます。〇対一で、メリッサに点が入ったのです。ハミングバード組の女の子たちが、いっせいに歓声《かんせい》をあげました。

「すごい！」

ペイジは感心してつぶやきました。ペイジもときどき、シャノンとサマーと卓球《たっきゅう》をして遊びますが、こんなにはやいボールは、テレビでしか見たことがありません。

「メリッサとヘイリーって、すごくじょうず！」

「そう、うちの学年でいちばんじゃないかな」

と、シャノンがいいました。

「いけいけ、メリッサ！」

ペイジがちらっと見ると、ピーコック組のヘイリーが、二番目のサーブのじゅんびをはじめたところでした。きんちょうで顔がこわばり、口をぎゅっとむすんでいます。社交室はしんとしずまりかえっています。ヘイリーはボールを空中にほうりあげると、メリッサのほうへビュンと打ちこみました。

メリッサはバックハンドで、ボールをいきおいよくななめに打ちかえしましたが、ヘイリーがまたすばやく打ちかえします。

卓球台《たっきゅうだい》のまわりをすばしこく動きまわるふたりから、ペイジは目がはなせません。つぎは、どっちが点をとるのでしょう。

とつぜん、ヘイリーははげしく打ちかえすかわりに、ボールに軽くふれて、ひょいとネットの反対側に落としました。メリッサは前へとびだしましたが、ずいぶんうしろにさがっていたので、まにあいません。

「ワン、オール！」

リサがいいました。一対一です。メリッサがうめき、ピーコック組の女の子たちが歓声《かんせい》をあげます。

試合が進むにつれて、ペイジはどんどんドキドキしてきました。ヘイリーとメリッサはほとんど同じくらいじょうずです。とちゅうでメリッサが二点リードしましたが、ヘイリーはすぐに追いつきました。

「九対九よ」

と、サマーがつぶやきました。ヘイリーとメリッサは休みをとって、水を飲んでいます。

「最初に十一点とったほうが勝つのよね」

「でも、二点差以上じゃないといけないんでしょ？」

と、ペイジはききました。

サマーがうなずいて、

「そうじゃないときは、試合がつづくの」

と、説明します。

メリッサのつぎのサーブは、この試合ではじめて、いきおいが少し弱くなってしまいました。ヘイリーがここぞとばかり、とびついて、メリッサの手がとどかない左側へ、はげしいスマッシュを打ちこんだので、ペイジはがっかりしました。卓球台《たっきゅうだい》をかこんでいたピーコック組の人たちが、キャーキャーよろこんでいます。試合のとちゅうで社交室に入ってきた、アビゲイルもです。ペイジはいやな気分になってきました。

「あと一点入れたら、ヘイリーの勝ちよ」

と、サマーがしずかにいいました。

「ああ、もう見てられない！」

シャノンはうなるようにいうと、メリッサがつぎのサーブをはじめるとき、両手に顔をうずめました。

今回はメリッサのサーブがうまくいき、ヘイリーと、ものすごくはやくて回転のかかったボールの打ちあいがつづきました。おおぜいの生徒たちが、応援《おうえん》の声をあげながら、試合に見入っています。すさまじいたたかいに、ペイジは息をつめていました。ヘイリーが勝ちそうになったかと思うと、メリッサがもりかえしてきて、試合のゆくえはわかりません。

「メリッサ、もどって！」

と、サマーがさけびました。メリッサは左はしへ走っていって、ヘイリーがフォアハンドで打ったスマッシュをかえしたところでした。

けれど、もどってくるのがおそすぎました。ヘイリーの打ちかえしたボールは、もうれつないきおいで、卓球台《たっきゅうだい》の右はしへとんでいきます。メリッサが追いつかないうちに、ボールはビュンととおりすぎて、床《ゆか》にはねかえりました。

「やった！」

ヘイリーがうちょうてんになって大声をあげ、ラケットを宙《ちゅう》に投げあげます。

「あたしの勝ち！」

5　匿名《とくめい》の手紙

ペイジはがっかりして、サマーとシャノンと顔を見あわせました。ピーコック組の女の子たちは、はしゃぎまわっています。

「おめでとう」

メリッサがこわばった顔をしながら、身をのりだして、ヘイリーにあくしゅをもとめました。

ヘイリーはにやっと笑って、軽くあくしゅをしました。

「残念だったね」

ヘイリーは、いやみな、じまんげな笑みをうかべたままです。

「見てよ、ヘイリーの感じの悪い顔！」

シャノンがおこりだしました。

「せっかくメリッサが気持ちよく負けをみとめようとしてるのに、あれじゃあ、いやがらせだよ！」

ペイジはうなずきました。見ると、グレースもかんかんにはらをたてています。つぎのしゅんかん、

「ヘイリーったら、なによ、その態度《たいど》！」

と、グレースはかみつくようにいいました。

「ぎりぎりで勝ったくせに！」

ヘイリーはにくたらしく、肩《かた》をすくめました。

「そうだね。でも、勝ちは勝ちだよ！」

ヘイリーはうきうきしています。

「だから、あんたも、メリッサも、ハミングバード組のみんなも、負けるのになれておいたら？　だって、あと一週間で、スポーツ祭だもんね！」

そして、グレースにむかって勝ちほこった顔で笑うと、はしゃいでいるピーコック組の女の子たちにとりかこまれたまま、社交室を出ていきました。

「負け犬さんたち、バイバーイ！」

「無視《むし》すればいいよ、グレース」

と、シャノンがいいました。

「ハミングバード組がスポーツ祭で優勝《ゆうしょう》したら、ヘイリーもあんなにえらそうにできないはずよ」

グレースは、ヘイリーが出ていったほうをにらみながら、つぶやきました。

「ねえ、いじわるでいうんじゃないけど……」

審判《しんぱん》をしていたリサ・オーエンが、床《ゆか》からボールをひろいあげていいました。

「ナイチンゲール組が一位になれなかったら、ピーコック組よりも、ハミングバード組に勝ってほしいと思ってるけど、今年ハミングバード組がピーコック組に勝つのは、すごくむずかしいんじゃないかな。ペニーが出られないわけだし」

「不可能《ふかのう》なことなんかない」

と、グレースはしずかな声でいいました。

「わたしたちが勝つ可能性《かのうせい》だってあるのよ。それに、ペニーが出ないって決めつけるのは、まだはやすぎる。よくなって、出られるかもしれないんだから。わからないでしょ？」

「ペニーのぐあいはどうなの？」

と、ペイジはたずねました。グレースが自分の願いをいっているだけだと、ペイジはひそかに思っていました。なぜなら、ペニー本人が、スポーツ祭はぜったいにむりだといっていたからです。

「それに、どこにいるの？」

と、ローズ・バーカーもたずねます。

「最近、ぜんぜん社交室に来ないね」

グレースがそっけなく肩《かた》をすくめたので、ペイジはびっくりしました。

「ペニーは温室の読書コーナーに行ってる」

と、グレースはこたえました。

「いちおう、元気よ。がんばって、けがをなおそうとしてる」

ペイジは考えこむように顔をしかめ、サマーとシャノンをわきにひっぱりました。

「わたし、授業《じゅぎょう》の前に、ペニーに会いにいってみる。どうしているのか、自分で見てみたいの」

ペイジはささやきました。

「あたしたちもいっしょに行くよ」

と、シャノンがすぐにいいました。

「グレースは友だちのこと、心配してないみたいじゃない?」

「そうね、わたしもそう思う」

と、サマーもいいました。

三人は社交室を出ていきました。

「でも、ふしぎよね」

と、ペイジはつづけました。

「だって、ペニーとグレースは今までずっと親友だったでしょ? ルームメイトでもあるし。なにかがおかしい気がする……」

三人が入っていった温室は、ガラスのてんじょうから、太陽の日ざしがさんさんとふりそそいでいました。すみっこの籐《とう》いすに、ペニーが体をまるめてすわり、横のテーブルには本がつんであります。けれども、ペニーは読書をしていませんでした。かわりに、手にした紙切れをじっと見つめ、不安そうに顔をしかめています。

とつぜん、ペニーは顔をあげ、近づいてくる三人に気づきました。いそいで、テーブルの本のわきに、紙切れをおきます。

わたしたちに見せたくないのね、とペイジは思いました。

ペニーはむりやり笑顔をつくりました。

「どうしたの、ペニー？」

と、シャノンがききました。

「よくないお知らせ？」

「う、ううん！」

ペニーはあわてていいました。けれども、顔はこわばり、手もふるえています。

「あの、だいじょうぶよ！」

ペイジには、ペニーがほんとうのことをいっていないのがわかりました。サマーとシャノンのほうを見ると、ふたりもそう思っているようでした。

「わたしたちにできることはない？」

ペイジはそっとききました。

ペニーはこまったように床《ゆか》を見おろします。

「じつはね」

ペニーはふるえる声で話しはじめました。

「きのうの午後、匿名《とくめい》の手紙がとどいたの。だけど、『はやくよくなってね』っていうようなお手紙じゃなかった。ひどい手紙だったの」

ペイジとサマーとシャノンは、びっくりして顔を見あわせました。

「匿名の手紙？　差し出し人の名前がない手紙ってこと？」

と、シャノンがききかえします。

「だれから来たの？　あ、ごめん」

いそいで、つけたします。

「まぬけな質問《しつもん》だったね！」

「なんて書いてあったの？」

と、サマーがやさしくききました。

ペイジは、ペニーが、話さなければよかったという顔をしていることに気づきました。

「なんでもないの」

ペニーはつぶやきました。

「わすれてね」

「待って、ペニー。どうやってうけとったの？」

と、シャノンがくいさがりました。

「だれかが机《つくえ》の上においていったとか？」

「〈はとのポスト〉に入ってたの」

ペニーはしぶしぶうちあけました。

〈はとのポスト〉というのは、生徒や先生あての手紙を入れる、こまかいしきりのあるたなのことだと、ペイジは知っていました。ということは、手紙を出したのは学校の中の人です。でも、だれがそんなことをするでしょうか？　しかも、なんのために？

「あのね、ペニー、なんて書いてあったか話してくれたら、少し気が楽になるんじゃない？」

と、サマーがおだやかにいいました。

ペニーは首を横にふりはじめました。ところが、だれも口をひらかないうちに、頭の上で物音がして、みんなはいっせいに上を見あげました。ペイジはあっと息をのみました。ガラスのてんじょうの上を、ベルベットがとことこ歩いているのです。

「わあ、あのかわいい子ねこだ！　いつも学校に来てる」

ペニーが声をあげました。顔がぱっと明るくなります。

「あんなところで、なにをしてるのかな？」

ペイジはだまっていましたが、ちらっと横目でサマーとシャノンのほうを見ました。

三人とも、ベルベットをよく知っているので、だしぬけに屋根の上にあらわれたのも、ぐうぜんではないと考えていました。

みんなで見ていると、ベルベットはガラスのてんじょうをつっきって、見えなくなりました。つぎのしゅんかん、温室の外の芝生《しばふ》にすがたをあらわし、大声で「ミャー」と鳴きました。

「ねえ、ちょっとだけ、あいさつしにいってくる！」

と、ペニーはいきおいよくいいいました。いすから立ちあがると、いそいそとガラスとびらから庭に出ていきます。

ペイジが窓から外を見ると、ペニーはにこにこ笑顔になっています。ペニーのうれしそうな顔を、このところずっと見ていなかったことに、ペイジは気づきました。

「よし。ベルベットがペニーを外につれだしたのには、わけがあるはずだよ」

と、シャノンが力強くいって、テーブルの上の紙切れに目をむけました。

「それで考えられるのは、ひとつだけ。ベルベットはあたしたちに、なにがあったのか知ってほしいんだよ！　だからね、たとえばあたしたちが、ちょっとあそこのお花を見にいこうとして……」

　シャノンはテーブルの花びんにいけてある花を指さします。

「……たまたま、とおりすがりにあの手紙を見てしまった……としても、いいんじゃない？」

　ペイジとサマーはにやにやして顔を見あわせました。

「うん、いいと思う！」

と、ペイジはこたえました。外を見ると、ペニーがベルベットを両うでにだっこしています。

「いい考えよ」

と、サマーも賛成《さんせい》しました。

「ペニーは、わたしたちに、助けてほしいというつもりはないみたいだもの。でも、あの手紙のことでなやんでいるのはまちがいないし、なにが書いてあるかわからなかったら、わたしたちもなにもできないわ」

「シャノン、いそいで」

と、ペイジがいいました。

「ペニーがこっちを見ないうちに」

シャノンはいそいで花びんに近づきました。そして、花をととのえるふりをしながら、下をむいて、さっと手紙を読みました。シャノンの顔がいかりでゆがんでいくのが、ペイジに見えました。

「ペニーがおどされてる！」

シャノンはふんがいしながら、ささやきました。

「見てよ！」

ペイジとサマーはかけよりました。手紙を読んだペイジは、気分が悪くなりました。手紙はいんさつされた青い文字でできていました。新聞の見出しを切りぬいて、はりあわせたように見えます。こんな手紙でした。


あなたのひみつを知っている。わたしの手はこんがらかるけど、あなたはちがう。

その点をよくつかむこと！

ペイジはむかむかして、首を横にふりました。

「いってることはよくわからないけど、おどしてる。こんなの、最低よ！」

と、声をあげます。

「ペニーにひみつがあったとしても、いじめるなんて、まちがってる！」

「ほんとうね」

と、サマーがしんけんにいいました。

「それに、だれにだって、ひみつはあるもの。わたしたちにだって、魔法《まほう》ねこのひみつがあるんだから！」

「どうしようか」

と、シャノンがいいました。

「わたしたちにできるのは、ひとつだけよ」

ペイジはきっぱりといいました。

「この手紙を書いた人をさがしだして、やめさせるの！」

6　チャーム新聞

サマーがもう一度青い文字を見おろして、考えながらいいました。

「あのね、この文字、よく知っている気がするの」

「わたしもそう思ってた」

と、ペイジはこたえ、どこで見たのか思い出そうとしました。

「わかった！」

シャノンがとつぜんいいました。

「その字の形と色、チャーム新聞の見出しとおんなじ！」

「学校の新聞ね！」

と、ペイジは声をあげました。

「シャノンのいうとおりよ！」

いわれて、ペイジも思い出しました。

「手紙を書いたのは、学校の人ってことね」

と、サマーがいきおいこんでいいました。

「今までの新聞を見て、どの新聞のことばが使われているのか、さがしたらどうかしら。手紙に出てくることばを全部見つけられたら、なにかわかるかもしれないわよ」

「いい考え！」

と、シャノンが賛成《さんせい》しました。

「遠まわりかもしれないけど、手紙を書いた人の手がかりがつかめるかも。どこからか、はじめないといけないもんね」

「手紙を読んじゃったこと、ペニーにいったほうがいいと思う？」

と、ペイジはききました。

「いわないと、うしろめたい気がするの」

「だれが書いたかわかったら、いおうよ」

と、シャノンがいいました。

「そうすれば、助けになろうと思って読んだだけだって、わかってもらえるから」

ペイジとサマーはうなずきました。

温室を出るとき、ペイジはもう一度、窓《まど》からペニーとベルベットのすがたをちらっと見ました。ペニーはただでさえ、スポーツ祭に出られなくて落ちこんでいるのに、手紙でいじめる人がいるなんて、ひどいことです。ペイジは顔をしかめました。だれがやったのか知らないけど、すぐにやめさせなくちゃ、とペイジは思いました。問題は、だれがやったのか、見つけだすことね！


「ひゃあ！」

目の前のたなに、ずらりとならぶ新聞の箱を、ペイジはぼうぜんと見つめました。

「チャーム新聞がこんなに前からあったなんて、知らなかった！」

「十二年前くらいにはじまったんじゃないかな」

シャノンが箱をひとつおろしながら、いいました。

「毎月一部出ているから、一年で十二部でしょ。ということは、全部で……」

シャノンは顔をしかめます。

「……とにかく、たくさんだね！」

ペイジたちは学校の図書館にある保存庫《ほぞんこ》に来ていました。ペニーの手紙を見たつぎの日のことでした。土曜日なので、自由な時間がたっぷりあります。一週間後にせまったスポーツ祭にそなえて、午前中は数時間、それぞれの競技《きょうぎ》を練習しました。午後は、匿名《とくめい》の手紙に使われたことばが、どの新聞から切りぬかれたのか、三人で調べることにしたのです。

「あのひどい手紙を書いたのがだれなのか、知りたくてうずうずしてるんだ！」

シャノンがいすをひきよせながらいいました。

「わかったら、あたしがどう思ってるか、思いきり教えてやるんだから！」

「わたしもよ。だけど、新聞から手がかりを見つけようと思ったら、とくちょうのあることばにしぼって、さがさなくちゃね」

ペイジはポケットから紙切れをとりだしました。きのう、ペニーのいた場所からはなれたあと、すぐに匿名《とくめい》の手紙のことばをメモしておいたのです。

「『の』や『は』みたいな字は、何度も見出しに出てきそう」

「そうだね。『ひみつ』とか『こんがらかる』とか『点』みたいなことばにしぼって、見ていこう」

と、シャノンがいいました。

「これがいちばん新しい新聞よ」

サマーが箱をあけました。

「ここからはじめて、古いほうへさかのぼっていけばいいわね」

シャノンはすばやく新聞を三つのたばにわけました。それから、三人は一枚《まい》ずつめくりながら、さがしはじめました。

「ひとつ見つけたよ！」

十分後、シャノンがうれしそうにいいました。

「見て！」

上級生のひとり、ニーナ・ジェフリーズが、学校の敷地《しきち》で見かけるさまざまな野生生物について書いた記事を、シャノンはかかげてみせました。記事の見出しは、「チャームホール学園のひみつの暮《く》らし」です。

「『ひみつ』ね！」

と、サマーがいいました。

「手紙にあったことばよ。さすが、シャノン！」

サマーは親指をあげて、シャノンをたたえます。

「その新聞をばらばらにして、ほかのことばが使われていないか、三人で手分けして見てみない？」

と、ペイジは思いついたことをいいました。

シャノンがほかのふたりに新聞を数ページずつわたし、三人とも目を皿のようにしてさがしました。

「ほかのことばは、ここにはなかったね」

やがて、シャノンはため息をつきました。

「しかたない。べつの新聞をさがそう」

ペイジは、ニーナ・ジェフリーズの書いた記事をちらっと見ました。

「手紙のことばが出ていた記事を書いた人の名前を、メモしておいたほうがいいと思う?」

と、ペイジはききました。

「全部のことばが見つかったとき、なにか役にたつことがわかるかも」

「いい考えね」

と、サマーがいって、メモ帳に「ニーナ・ジェフリーズ」と書きました。

三人はだまって調べつづけました。ペイジは、自分が転校してきてから発行されたチャーム新聞のすべてに目をとおしました。今、読んでいるのは、転校する前の新聞です。チャームホール学園についてのおもしろい話がたくさんのっていて、つい気をとられてしまいます。新聞をつくる仕事はとってもおもしろそう! そう思いながら、ペイジはつぎの新聞を箱からとりだしました。

大見出しを見つめ、

「チャーム・クリスマス・パーティー、一千ポンドの寄付《きふ》を集める」

と、読みあげました。

その下に、校長先生が慈善《じぜん》団体の代表者に小切手を手わたしている写真がのってい
ます。写真には少し小さな字で見出しがついていて、「リネット先生、慈善団体に小
切手を手わたす」と書いてありました。

「『手』だ！」

ペイジはきゅうに声をあげ、見出しを指さしました。

「これも手紙にあったことばよ！」

「ちょうしが出てきたわね。わたしも見つけたの」

サマーが見ていた新聞をテーブルのむこうからさしだします。

「ほら、『こんがらかる』よ」

サマーは「チャーム女子、こんがらかる！」という記事を指さしました。

「それ、どんな記事なの？」

ペイジは知りたくなりました。

「去年、十年生の何人かがうけた、ヨットの授業《じゅぎょう》の話よ」

と、サマーが説明しました。

「ロープの結び方をいろいろおぼえないといけなかったみたい」

「かっこいい！」

シャノンが身をのりだします。

「記事を書いた人たちは？　両方とも、名前をメモしておかなくちゃ」

サマーがノートに「ヘレン・ベイリー」と「ダビーナ・ケリー」の名前を書きうつすと、三人はまた新聞のつづきを調べました。

三十分後、「知っている？　かんたんにできる応急手当」という見出しから、「知っている」が、「チャームホールの成績《せいせき》、去年以上によくなる！」という見出しから「よく」が見つかりました。

「サマー、記事を書いた人たちの名前を読んでくれる？」

と、ペイジはいいました。サマーは、最後に見つけたふたつの記事を書いた人の名前を書き終えたところでした。

「ニーナ・ジェフリーズ、ヘレン・ベイリー、ダビーナ・ケリー、アリス・スピアーズ、ジョアナ・ローリーよ」

と、サマーが読みあげました。

「なんの手がかりもなさそう」

シャノンが顔をしかめていいました。

「ダビーナとジョアナなんて、去年、転校しちゃったからいないもん。これじゃあ、手紙を書いた人の手がかりがぜんぜんないよ！」

「そんなことないわよ」

と、サマーが考えこみながらいいました。

ペイジとシャノンはおどろいて、サマーを見つめます。

「ほら」

サマーは五つの新聞をテーブルにならべました。

「いちばん上の日づけを見て」

「あっ！　全部、この一年半のあいだの記事なのね」

ペイジは、きゅうにサマーがいおうとしていることに気づきました。

「つまり、手紙を書いた人は、この学校に来て一年半しかたっていない人かもしれない……わたしたちの学年の子かもしれないってことね？」

サマーはうなずきました。

「自分が持っている新聞から、ことばを切りとったんだと思うの。だって、ここの記事は、きれいなままだから。でもね、その人は、ここ一年半の新聞しか持っていないみたい」

「サマーのいうとおりだね」

シャノンがいいました。

「だけど、『点』ということばは？」

シャノンはつづけます。

「まだ見つからないよね。最近の新聞は全部見たのに。もっと古い記事にあるのかな。だとすると、手紙を書いた人も、もっと長く学校にいる人なのかも」

「さがしつづけなくちゃ」

ペイジはきっぱりいうと、たなからべつの箱を出しました。

三人は、これまでに発行されたチャーム新聞をひとつのこらず調べました。けれども、「点」ということばを使った見出しは、ひとつも見つかりません。

「これを見て」

シャノンが最後の箱に入っていた、最後の新聞を持ちあげます。

「十二年前の、チャーム新聞創刊号《そうかんごう》だよ！」

ペイジは第一面の大見出しを見ました。

「ハミングバード組、ピーコック組をやぶり、スポーツ祭優勝《ゆうしょう》！」

ペイジは読みあげて、にっこり笑いました。

「今年もそうなるといいな！」

三人は創刊号をていねいに調べましたが、さがしていたことばは、ついに出てきませんでした。

サマーは出してあった新聞をきちんと箱にもどしながら、顔をしかめて、つぶやきました。

「どうしてかしら。記事の見出しを全部調べたのに、『点』ということばが一回も出てこないなんて。でも、どこかにあるはずよ！」

「へんね」

ペイジも考えこみます。

「どの新聞を見たか、ちゃんと記録してたけど、ひとつもぬけてないのよ」

「まあ、でも、今はほかにできることもないし」

シャノンがいいます。

「夕ごはんのチャイムが鳴る時間だよ。今日はもう終わりにしよう」

三人は新聞の箱をたなにもどすと、食堂にむかいました。

「あ、ペニーよ。ぐあいはどうなのかしら」

サマーが廊下《ろうか》のむこうを手でしめします。

ペニーは食堂の入り口を入ったところで、トレイをとるために待っていました。

ペニーは三人のいる廊下のこちら側を見ました。ペイジが手をふりましたが、ペニーは三人のほうをちょっと見ただけで、手をふりかえしもしないで、すぐにむこうをむいてしまいました。ペイジたちはびっくりしました。

「ペニーはどうしたのかしら」

サマーが顔をくもらせます。

「わたしたち、おこらせちゃったと思う？」

「どうして？」

シャノンが知りたがります。

サマーはくちびるをかみしめ、心配そうにいいました。

「匿名《とくめい》の手紙を読んだことが、わかっちゃったのかもしれない！」

ペイジとシャノンはぎょっとして、顔を見あわせました。

「そうかもしれないね」

シャノンがため息をつきます。

「すぐに話をしにいかなくちゃ」

三人はいそいで食堂に入り、配膳口《はいぜんぐち》で夕ごはんをもらいました。ペイジが食堂を見まわすと、ペニーがグレースといっしょにすわって食べているのが見えました。

「グレースの前ではだまってなくちゃね」

と、ペイジはサマーとシャノンにささやきました。

「ペニーは手紙のことを、だれにも知られたくないと思うから」

「わかった」

ほかのふたりがこたえると、三人でペニーのテーブルまで行きました。

「ペニー、グレース、いっしょにすわってもいい？」

シャノンが明るくいいました。

「どうぞ」

グレースがにこにこしてこたえ、ペニーがうなずきます。

ペニーはわたしたちを見てもおこっていないみたい、とペイジは思いました。でも、グレースがいるから、なんでもないふりをしているだけかな。

女の子たちは、卓球《たっきゅう》の試合や、スターク先生が出したぞっとするような宿題の話をしました。でも、だれもが気をつけて、スポーツ祭の話題を出さないようにしていることに、ペイジは気がつきました。グレースとペニーは、ペイジとシャノンとサマーより先に食べ終わりました。グレースがからっぽになったお皿をどけて、立ちあがります。

「デザートをとってくるね、ペニー」

グレースは配膳口《はいぜんぐち》へむかいました。

「ペニー」

シャノンは、グレースがいなくなったとたん、口をひらきました。

「このあいだのことは、ほんとにごめんなさい。あたしがやろうっていったの！　せんさくするつもりはなかったんだ。助けになりたいって思っただけ……」

ペニーはシャノンをじっと見つめています。とまどっているようでした。

わたしたちが手紙を読んだことを知らないのね！　と、ペイジは気づきました。

「シャノン、待って……」

ペイジはあわてて口をはさみました。

「あたしたち、あのひどい手紙をだれが書いたのか、がんばってつきとめようとしてるんだ」

シャノンはしんけんに話をつづけ、ペイジには気づきません。

「そのためだけに、手紙を読んだの」

ああ、おそかった！　と、ペイジは思いました。

ペニーの顔がまっさおになりました。

「匿名《とくめい》の手紙を読んだの？」

息をつまらせます。

「信じられない！」

7　最新号

「えっ、知らなかったの？」

シャノンはしどろもどろになりました。

「でも、あたしたち……あーあ！」

ペニーはだまってシャノンを見つめています。ペイジには、ペニーがおこっているのか、ほっとしているのか、自分でもよくわからないように見えました。

「ペニー、わたしたち、助けになりたかっただけなの」

と、ペイジはいそいで口をはさみました。

「それで、だれがあの手紙を書いたのか、見つけだそうとしてたの」

「匿名《とくめい》の手紙なんて、いじわるで、ひきょうよ」

と、サマーもいいそえます。

「ペニーひとりで、立ちむかわせるわけにはいかないわ」

「だれが書いたのか、知りたいとは思うよね？」

と、シャノンがたずねます。

ペニーはため息をつきました。

「もちろんよ」

低い声でうちあけます。

「わたし、だれかに知ってもらえて、よかった気がしてきた。もう、どうしようかと思ってたんだもん」

「心配しないで」

シャノンがペニーをさっとだきしめました。

「事件《じけん》はあたしたちが捜査中《そうさちゅう》だから！　手紙を書いた人をつきとめるために、せいいっぱいがんばるからね！」

それ以上、話をする時間はありませんでした。グレースが、アップルクランブルというリンゴのデザートの入ったボウルをふたつ持って、もどってきたからです。けれど、ペニーの顔つきが少し明るくなったのを見て、ペイジはうれしくなりました。

「おいしそうよ」

グレースはそういって、ボウルをふたつともテーブルにおきました。そして、ペイジとサマーとシャノンのほうを見ました。

「いそいでごはんを食べないと、デザートがなくなっちゃうわよ！」

「ふう！」

しばらくしてから、シャノンが小さな声をあげました。ペイジとサマーと三人で、デザートをとりにいくところでした。

「あたし、またよけいなこといっちゃった！　もうだめかと思ったよ！」

「わたしもよ！」

ペイジはにやっとしていいました。

「でも、ペニーは、わたしたちが手助けすることになって、ほっとしたみたいだから、もうだいじょうぶ」

三人は、デザートのアップルクランブルをとって、テーブルにもどりました。グレースとペニーはデザートを食べ終わっていましたが、食堂にのこって、ペイジとシャノンとサマーとおしゃべりをしました。それから、みんなで席を立ちました。

食堂を出ようとしたとき、ヘイリー・ベルによびとめられました。ヘイリーは戸口に立ち、横のテーブルには、チャーム新聞のたばがおいてあります。

「ハイ、ハミングバード組のみんな！」

ヘイリーは軽くいいました。

「最新号をどうぞ！」

ヘイリーはグレースに一部さしだします。

「グレースの記事は、十四ページだからね」

グレースはヘイリーをきっとにらみつけ、ぴしゃりといいました。

「自分の記事がどのページに出てるかくらい、いわれなくてもわかってるわよ！」

ヘイリーはうすら笑いをうかべました。感じ悪い！　と、ペイジは思いました。

「思い出させてあげようと思っただけ」

ヘイリーは軽く肩《かた》をすくめました。

「わすれてるかなと思って。だって、すごく小さい記事だから！」

ヘイリーは新聞をふって、十四ページを指さしました。

「しかも、スペリングのまちがいがあるみたい。チッチッ！　パソコンのスペルチェッカーを使ったほうがいいよ、グレース」

グレースはむっとした顔をしました。ヘイリーを無視《むし》して、くるっとむきを変えると、足をふみならして廊下《ろうか》のむこうへ行ってしまいました。

「どうしてあんなことをいうの？」

ペニーがヘイリーをにらんでいいました。

「どうしてグレースにいじわるするのよ？」

「まあまあ、そんなにおこらないでよ」

ヘイリーはどうでもいいというように、また肩をすくめます。

「ただのじょうだんだから。とにかく、あんたには関係ないし！」

ヘイリーは、いちばん近くにいたサマーに、新聞をおしつけました。

「第一面をチェックして！」

とくいそうな顔をしてつづけます。

「それ、あたしの記事だから！」

「あらそう。じゃあ、あんまりおもしろくないかもしれないわね」

サマーは落ち着いていうと、新聞を見もしないで、わきにかかえこみました。そのときのヘイリーの顔を見たペニーとペイジとシャノンは、階段《かいだん》にむかって歩きながら、笑いださずにはいられませんでした。

「だれが手紙を書いたのか、ほんとうにつきとめられると思う？」

みんなで階段をのぼりながら、ペニーは期待してききました。

「できるだけのことはする」

と、シャノンが約束しました。

「それで、なにかわかったら、すぐに知らせるからね」

と、ペイジはつけくわえました。

「じゃあ、またあとでね」

ペニーは手をふっていいました。

「助けてくれて、ほんとうにありがとう」

部屋にもどると、ベルベットが床《ゆか》の上で、おもちゃのねずみを追いかけまわしていました。入ってきた三人を見て、子ねこは歓迎《かんげい》するように、小さな声をあげました。

ねずみをくわえてやってきて、シャノンの足もとにていねいにおきます。

「ありがとう、ベルベット！」

シャノンが笑いながらいいました。

ペイジとシャノンはしゃがみこんで、子ねこの前にねずみをぶらさげて遊びました。

そのあいだに、サマーは自分のベッドにすわって、新聞をひろげました。

「ヘイリーの記事はなんて書いてある？」

ねずみを追ってぴょんぴょんはねまわるベルベットを見ながら、シャノンがききました。

「知らないわ。読むつもりがないから！」

サマーがにやっと笑ってこたえました。

そのとき、ペイジはびっくりしてベルベットを見つめました。子ねこはとつぜん、ねずみにきょうみをなくして、サマーのベッドにとびのり、前足で新聞をぽんぽんとたたいたのです。

「あれ、どうしたの、子ねこちゃん？」

サマーは新聞をおいて、たずねました。

「ベルベットは学校新聞を読みたいんじゃないかな！」

シャノンが笑いながらいいました。子ねこは新聞の上にのって、記事のひとつを見おろしています。

「ベルベット、学校新聞なんか読まなくても、この学校でなにがおこってるか、全部わかってるじゃない！」

ペイジは笑いながら、サマーのベッドまで歩いていきました。

「ほかのだれよりも、チャームホールのことにくわしいんだもん！　だから、おとなしく、サマーに新聞を読ませてあげて」

ところが、ベルベットをだきあげようとしたペイジは、とつぜん、気がつきました。子ねこのひげが光りだして、しっぽが右へ左へとゆれています。

「ねえ、ふたりとも、ベルベットを見て！」

ペイジはささやきました。

「なにかしようとしてるみたい！」

いきなり、新聞の第一面から、大見出しの文字が空中にうかびあがり、まぶしい光のつぶがいっせいにとびちりました。文字は三人の頭の上を、めまぐるしくホタルのようにとびまわったあと、もとのじゅんじょにもどりました。そして、新聞の上でうかんだまま、きらきらとかがやいていました。

「スポーツ祭間近！　はげしい点取り合戦に！」

ペイジは大見出しを読みあげました。読んでいるあいだ、「点《ポインツ》」ということばが、どんどんまぶしく光り、とうとう部屋じゅうをてらせるほどになりました。

「ベルベット、すごいわ！」

Points
Charm Echo
Points will be Hard For
get For in Upcoming Sports Day

サマーがにっこりして声をあげました。いきおいよく「点」の文字を指さします。

「ベルベットのおかげで、さがしていた見出しの文字が見つかったのよ!」

8　ルシンダ編集長《へんしゅうちょう》

「サマーのいうとおり、『点』ということばがあったね！」

と、シャノンがいいました。空中にうかんでいた文字は、ピューッと新聞の第一面にもどっていき、ベルベットはサマーのベッドからとびおりて、おもちゃのねずみにとびつきました。

「そうね。でも、どうやって新聞をそんなにはやく手に入れられたのかな？」

と、ペイジはききました。

「きょう出たばかりの新聞にのっていたことばが、どうして木曜日の匿名《とくめい》の手紙に使われているの？」

「ふしぎね！」

サマーが考えこみます。

シャノンがむずかしい顔をして、

「発行する前の新聞を、だれが手に入れられるのか、調べなくちゃ」

と、いいました。

「もしかしたら、新聞をつくってる、新聞部の人かもよ。新聞室に行ってきいてみようよ」

「でも、ペニーと手紙のことを説明しないで、ただ質問《しつもん》するわけにはいかないわよ」

と、サマーが反対しました。

「なにか、べつの理由を考えないと」

「新聞部にきょうみがあって、入りたいと思ってる、っていうのはどう？」

と、シャノンが思いつきます。

「それがね、わたし、ほんとうに新聞部に入ろうかなって思ってるの」

と、ペイジはいいました。

「しばらく前から考えてたの。スポーツ祭が終わるまで、待ってるつもりだったんだけど」

「オッケー！　そうしたら、ペイジが中心になって、話を聞けばいいね！」

シャノンがにこにこしていいました。

「あたしたちは知りたいことが聞けて、ペイジは敏腕《びんわん》記者になるための情報《じょうほう》がもらえるといいね！」

三人は階段《かいだん》をかけおりて、新聞をつくる部屋にむかいました。ペイジは新聞室をのぞいたことはあっても、中に入るのははじめてです。きょうみを持って、しげしげとパソコンやスキャナーやプリンターをのせた机《つくえ》がならぶ部屋を見まわしました。カメラも何台かおいてあります。かべのひとつは、新聞から切りぬいた記事や写真でびっしりうまっています。

「だれか、いるみたい」

と、ペイジはつぶやきました。新聞室につづく小さな部屋の中から、だれかが動きまわる音が聞こえてきます。つぎのしゅんかん、カールがかかった茶色の長い髪《かみ》の女の子が、たくさんの紙のたばを持って出てきました。同じハミングバード組の九年生、ルシンダ・ブラウンだ、とペイジは気づきました。ルシンダは新聞部の編集長《へんしゅうちょう》で、写真もじょうずです。新聞にのっている写真の下に、よく名前が出ているのを、ペイジは見ていました。

「こんにちは」

ルシンダは三人を見て、おどろいたようでした。

「どうしたの？」

「こんにちは、ルシンダ」

ペイジは明るくいいました。

「こんな時間に来て、おじゃまじゃないといいんですけど。あの、わたし、新聞の記事を書きたいって思ってるんです。新聞部に入ることはできますか？」

ルシンダはぱっと笑顔になりました。

「もちろん！」

と、返事をします。

「記事を書く人、写真をとる人、紙面のレイアウトをする人は、いつだって必要よ」

ルシンダはため息をつきました。

「だけど、あてにできる人じゃないといけないの。しめきりがきつくて、まにあわせるために、いつも大いそがしだから」

ルシンダはまた、顔をかがやかせていいました。

「わたしは大好きだけどね！　もう、やみつき！」

ペイジはにっこりしました。新聞の仕事を楽しんでいるルシンダの、ワクワクした気持ちが、ペイジにものりうつってきたのです。ペイジははやくはじめたくてたまらなくなりました。

「新聞を印刷《いんさつ》するじゅんびができたら、どうするんですか？」

と、シャノンが質問《しつもん》しました。

「割《わ》りつけが完成《かんせい》したら、町の印刷屋さんに持ちこむの」

と、ルシンダがこたえます。

「印刷が終わると、学校にとどけてもらって、それから学校の中でみんなにくばるの。

だいたい木曜日にどといて、土曜日にくばるかな」

「じゃあ、新しい新聞は木曜日に手に入るんですね？」

と、ペイジはかくにんしました。ペニーが匿名《とくめい》の手紙をうけとったのは木曜日です。

だから、つじつまがあいます。

ルシンダはうなずきました。

「くばる前の新聞は、どこにおいておくんですか？」

サマーがさりげなくききました。

「すごく場所をとりそうですね！」

ペイジは、サマーがどうしてその質問《しつもん》をしたのか、わかった気がしました。学校の中でくばられる前に、だれでも新聞をとりだして、「点」のことばを切りぬくことができたかどうか知りたいのです。

「ああ、この部屋につながっている文房具《ぶんぼうぐ》の小部屋にしまって、かぎをかけておくの」

と、ルシンダがこたえます。

「土曜日になるまで、一部も外に持ちだされないように、すごく気をつけてる。くばる前に特ダネがもれちゃったら、たいへんだから！」

「でも、新聞部の人は、いつでも出入りしてますよね」

と、サマーがいいました。

「新聞室はいつも、かぎをかけないんですか？」

「とんでもない！」

ルシンダはおどろいたようにいいました。

「見てのとおり、かなりねだんの高い機材がいろいろあるから、決められた時間以外はいつもかぎがかかってる。おそくなって作業したい人は、わたしのところまで、かぎをとりにこないといけないの。しかも、このノートに名前を書いてね。書かなければ、かぎをもらえないってこと」

ルシンダは机《つくえ》にあった青いノートを持ちあげてみせました。

ペイジは、ルシンダがノートを机にもどしたあと、なるべくじろじろ見ないようにしました。匿名《とくめい》の手紙を書いたのは、きっと新聞部の人だと、ペイジは思いました。

その人は木曜日に印刷屋《いんさつや》さんからとどいた、まあたらしい新聞を手に入れることができたのです。そのためには、新聞室と小部屋のかぎをルシンダからもらわないといけないので、青いノートに名前を書いているはずです！

あのノートを見なくちゃ！　と、ペイジはあせりました。ちらっとサマーを見ると、目があって、そのしゅんかん、ふたりとも同じことを考えているのがわかりました。

「わあ！」

サマーは声をあげて、写真や記事の切りぬきにおおわれたかべのほうへ歩いていきました。

「すてきな写真ですね」

サマーは、木の枝《えだ》にとまっている黒とうすいピンク色のふわふわした小鳥の写真を指さしました。写真の下に、ルシンダの名前があります。

「これ、ルシンダさんがとったんですか？」

「そう！」

ルシンダはほこらしそうな顔をして、サマーのそばに行きました。

「これは、バライロムクドリ。イギリスではめったに見られないの。たまたまカメラを持って出かけたら、そこにいたのよ！」

ルシンダはペイジにせなかをむけています。サマーとシャノンが、写真について、こまかい質問《しつもん》をたくさんしはじめました。

さすが、サマー！　と、ペイジは思いました。カンペキに気をそらしてくれてる！すぐさま、ペイジは胸《むね》をドキドキさせながら、そっとルシンダの机《つくえ》まで行って、青いノートをひらきました。最近の書きこみをちらっと見ます。前の週末の日づけや時間が書いてあります。ペイジは日づけを見ながら、ノートをめくっていきました。先週の木曜日の名前を見なくてはなりません。新聞が学校にとどいた日、そして、ペニーが匿名《とくめい》の手紙をうけとった日です。月曜日、火曜日、水曜日……、ペイジは見ていきました。

「じつは、ほかにもこのムクドリの写真があって」

と、ルシンダがいったとき、ペイジはやっと見たかった場所を見つけました。そのとき、

「わたしの机《つくえ》の引き出しに入ってるの。とってくる」

目のはしで、ルシンダがこっちをむくのが見え、ペイジはぞっとして、体がかたまってしまいました。

9 名前のリスト

ミャー！

ちょうどそのしゅんかん、ベルベットがあいていたドアから新聞室に入ってきて、ペイジから遠いところにある机《つくえ》にぴょんととびのりました。

「あっ、あのかわいい子ねこ！」

ルシンダはベルベットを見ようと、ペイジとは反対のほうをむきました。

「学校のまわりで、何回か見かけたことがあるの」

ありがとう、ベルベット！　ペイジは心の中でそう思って、ノートを見ていたことをルシンダに気づかれないうちに、とじました。こっそりのぞいているのを見られな

くて、ほっとしましたが、すぐに、くやしい気持ちになりました。ノートに書いてあった名前を、ちゃんと見ることができなかったからです。あと少しで、さがしていた名前がわかったのに！

ところが、ベルベットのほうを見たペイジは、きゅうにまたワクワクしてきました。子ねこのひげのまわりに、あの金色の光がかすかに見えたのです。

ドシン！

大きな音に、部屋にいた全員がびくっとしました。

「いったいなんの音？」

ルシンダが大声をあげます。

「文房具《ぶんぼうぐ》の小部屋から聞こえた気がする！　ちょっと待ってて」

ルシンダはとなりの部屋へ見にいきました。

「ベルベット、最高よ！」

ペイジはつぶやきました。子ねこの魔法《まほう》のおかげで、だいじな数秒間をもらえたのです。ペイジはいそいで、またノートをひらきました。そのあいだ、サマーとシャノンは心配そうに、ルシンダを見はっています。いっぽう、ベルベットは机《つくえ》からとびおりると、うれしそうにゴロゴロのどを鳴らしながら、ゆったりと部屋を出ていきました。

ペイジは名前のリストにそって、指をすべらせていきました。六人の名前が書いてあります。グレース・ウィルソン、ヘイリー・ベル、ルシンダ・ブラウン、カレン・ポッター、ニコラ・ローソン、リー・テイラー。それからペイジは、それぞれの人がかぎをもらった時間をたしかめました。

「ルシンダがもどってくる！」

と、サマーがささやきました。

ペイジがノートをとじて、机からはなれたとたん、ルシンダが小部屋から出てきました。

「ごめんね」

と、ルシンダはいいました。

「たなから本が何さつか落ちてたの。でも、すごくふしぎ。両はしの本立ては、動いてなかったんだから！」

「ルシンダ、いろいろ教えてくれてありがとうございます」

と、シャノンが元気よくいいました。

「すごくおもしろかった」

「ほんとうに」

と、ペイジは熱心にいいました。

「また今度、新聞をどうやってつくっているのか、見にきていいですか？」

「もちろん！」

ルシンダはにっこりしました。

「ペイジはインタビューの才能《さいのう》があるみたい。さっきからいい質問《しつもん》をしてた。ぜひ、新聞部に入ってほしいな！　よかったら、三人とも入ってくれたら、すごくうれしいんだけど」

「スポーツ祭が終わるまで待っててください」

と、シャノンがいいました。

「今は競技《きょうぎ》の練習ですごくいそがしいから」

「ああ、スポーツ祭ね！」

ルシンダがうめくようにいいました。

「スポーツ祭にはもううんざり！　学校じゅうがおかしくなるんだから。毎年おんなじ。新聞のほうがずっとおもしろい！」

「ルシンダ、ほんとうにありがとうございました。ぜったいに、また来ます！」

ペイジはそういって、サマーとシャノンといっしょに新聞室を出ていきました。

「ペイジ、ノートに書いてあった名前を見た？」

廊下《ろうか》に出ると、サマーがすぐに心配そうにききました。

ペイジはうなずきました。

「部屋にもどったら話すからね。ここだと聞こえちゃうかもしれないから」

と、低い声でこたえます。

「ペイジ、名探偵《めいたんてい》だね！」

シャノンがよろこんでいいました。

「サマーも、ルシンダのとった写真を見つけるなんて、さすが！　あの写真のことなら、ひと晩《ばん》じゅうだって話してくれそうだったもん！」

「でも、いちばんかつやくしたのはベルベットよ」

と、サマーがいって、部屋のドアをあけました。

「ベルベットが来なかったら、ペイジは現行犯《げんこうはん》でつかまってたもの！」

「じゃあペイジ、教えて！」

シャノンはさっそくききました。

「木曜日にかぎを借りた人は、六人いたの」

と、ペイジはこたえました。指をおりながら、ひとりずつ名前をいっていきます。

「グレース、ヘイリー、ルシンダ、カレン・ポッター、ニコラ・ローソン、リー・テイラーよ」

「えーと、グレースは手紙を書いたはずがないわね」

と、サマーがいいました。

「ペニーの親友だもの」

「あっ、ノートに書いてあった時間だけど、カレンとニコラとリーは、木曜日の夕方おそくにかぎを借りたの」

と、ペイジはつけたしました。

「でも、ペニーが手紙をうけとったのは、午後のもっとはやい時間じゃなかった?」

シャノンがうなずきました。

「じゃあ、のこってるのは、ヘイリーとルシンダだけだね」

と、シャノンがゆっくりいいました。

「あの『点』ということばが入ってる見出しの記事を、ヘイリーが書いたのは、ただのぐうぜんだと思う?」

「どうかな」

ペイジは考えこみました。

「ペニーへの手紙に使えるように、わざとそのことばを見出しに入れたのかもしれないけど」

「ルシンダかもしれないわよ」

と、サマーがいいましたが、シャノンはちがうと首をふりました。

「ルシンダはスポーツ祭にきょうみもないんだから。それに、同じハミングバード組だもん。ぜったい、ヘイリーだよ！　グレースともペニーとも仲が悪いよね」

「でも、どっちにしても、決め手がないのよ……まだね」

と、ペイジはいいました。

「だけど、たしかに、ヘイリーがいちばんあやしい気はする」

「今日はもうなにもできないわね」

サマーがため息をつきました。

「あした、もっと調べられるわよ。今は頭を切りかえて、なにかして遊ばない？」

それからねるまでの一、二時間くらい、三人は部屋でボードゲームをしました。ベルベットもやってきて、すごろくゲームのこまを前足でつついては、ボードからはずれて床《ゆか》にころがるのを追いかけて楽しんでいます。けれども、ペイジはゲームに集中できませんでした。これまでのできごとが、頭の中をぐるぐるかけめぐっています。

――あなたのひみつを知っている。わたしの手はこんがらかるけど、あなたはちがう。その点をよくつかむこと！――

匿名《とくめい》の手紙を書いたのは、ヘイリー？　ひょっとして、ルシンダ？　それとも、ノートに名前を書かなかった人が、どうにかして新聞を手に入れたの？　でも、ルシンダの話では、そんなことはむりみたいよね……。

ねる時間になって、ペイジはほっとしました。なにがおこったのか、つきとめようとして、つかれきってしまったのです。ベッドにもぐりこんで、目をとじます。すると、ベルベットがそっとのっかってきて、ペイジの足の上にねそべりました。子ねこのやわらかくてあたたかい重みと、ちょうしよくゴロゴロのどを鳴らす音で、ペイジの気持ちは落ち着いてきました。

「ベルベット、あの手紙はだれが書いたの？」

ペイジは、月の光にてらされて金色に光る子ねこの目をのぞきこんで、つぶやきました。

「ヘイリーなの？　もしそうだったとしても、どうしたらたしかめられるのかな？」

月曜日の朝、ばたばたと制服《せいふく》に着がえながら、シャノンがききました。

「ねえ、ペニーに話したほうがいいと思う？」

「きのう、三人で話しあったじゃない」

と、サマーがいいました。

「まだたしかなことは、なにもわかってないのよ」

「あたしは、たしかだと思ってる」

と、シャノンが力強くいいました。

「ヘイリーだよ。ペイジもそう思ってるよね！」

「ヘイリーがいちばんあやしいけれど、たしかめるまでは、ペニーにいわないほうがいいと思う」

ペイジははっきりといいました。

「今はまだ、ちゃんとした証拠《しょうこ》がないもの。でも、だいぶ調べがついてきたって、いってもいいかもね。少し元気になってくれるかも」

「いい考えね」

と、サマーがいいました。

「じゃあ、これからペニーの部屋に行ってみようよ」

と、シャノンがいいました。

「今日はハミングバード組がおおぜい集まって、はやめに朝ごはんを食べながら、スポーツ祭の作戦会議をすることになってるよね。グレースはぜったいにもう、そっちに行ってると思う。だから、ペニーとこっそり話ができるんじゃないかな。そのあと、みんなで朝食会議に参加しようよ」

三人はペニーとグレースの部屋に行きました。

「あ、おはよう！」

シャノンのノックにこたえたのは、グレースでした。三人を見て、びっくりしています。

「ハミングバード組の会議に行くところだったの。みんなも行く？」

「うん。でも、その前に、ペニーのようすを見たいと思って」

と、ペイジはこたえました。

「ああ、そうなのね。じゃあ、どうぞ」

グレースはわきにどいて、三人を部屋にとおすと、自分は廊下《ろうか》に出ました。

「あとでね！」

グレースは階段《かいだん》をおりて見えなくなりました。

ペニーはベッドにすわって、床《ゆか》を見おろしながら、つめをかんでいました。不安そうなようすです。

「どうしたの、ペニー？」

と、シャノンがたずねました。

「きのう、また手紙がとどいたの」

と、ペニーは小さな声でいいました。

「そんな！」

と、サマーが声をあげました。

「見せてもらってもいい？」

と、ペイジはそっとききました。

ペニーはまくらの下に手を入れて、紙切れをひっぱりだすと、ペイジにわたしました。今度の手紙も、チャーム新聞の見出しから、ことばを切りぬいてつくってありました。ペイジは顔をしかめながら、手紙を読みました。

あと六日で、はっきり見えるようにして、勝利にむかって、うて！　さもないと、ひみつをばらす。

10　二通目の手紙

「ひどいね、この手紙！」

と、シャノンがいいました。

「どういう意味なんだろう」

「わからないの！」

ペニーはきゅうに大声を出しました。目になみだがあふれています。

「きっと、つまらないいじょうだんよ」

と、サマーがいいました。

「気にしないほうがいいわ、ペニー」

ペニーはうなずいて、ゴクンとつばをのみこみました。ペイジは、ペニーのことがとてもきのどくになりました。

「それで、なにか、わかったの？」

と、ペニーが期待するようにききました。

「だれが手紙を送ってくるのか、すごく知りたいの」

「まだはっきりとはわかってないけど」

と、シャノンがすぐにこたえました。

「でも、手がかりは少し見つけたよ」

「はっきりしたら、すぐに教えてあげる」

と、ペイジはつけくわえました。

「わたしにも、できることはない？」

ペニーは手紙をくちゃくちゃにまるめて、まくらの下につっこみながらききました。

「ペニーは手首をなおすことだけ考えてればいいよ」

と、シャノンがいいました。

「それに、まだちゃんとした証拠《しょうこ》をつかめてないからね」

サマーとペイジはうなずきました。

「わかった。でも、なにかわかったら、すぐに教えてね！」

ペニーはそういって、くつに手をのばしました。

「今、何時？　わたし、九時十五分前に、スターク先生のところに行かないといけないの」

ペニーはいやそうな顔をしました。

「算数の道具おきばのかたづけを手伝いなさいって。先週、計算問題を全部まちがえたのは、授業《じゅぎょう》をまじめに聞いていないからだっていうの。まったく、だれだって、ちょうしの悪い日はあるのにね！」

ペイジは時計をさがして、部屋を見まわしました。

「今は八時二十分よ」

そうこたえながら、いっしゅん、どうしてペニーは自分で見ないのかな、と思いました。部屋の反対側の、ペニーが顔をむけているほうのかべに、時計がかかっていたからです。

「じゃあ、朝ごはんを食べる時間はあるのね」

ペニーはドアまで行き、ペイジとサマーとシャノンはついていきました。

「いろいろ調べてくれて、ありがとう」

「気にしなくていいよ」

シャノンがこたえます。

階段《かいだん》をおりて食堂にむかいながら、ペイジは考えこみました。

——あと六日で、はっきり見えるようにして、勝利にむかって、うて！　さもないと、ひみつをばらす——

今度の手紙は、前の手紙よりももっとなぞめいています。それにやっぱり、ペニーにひみつがあるといっています。けれど、ペニー本人は、ひみつがなんのことなのか、わかっていないようです。ペイジにはまったくわかりませんでした。

「ヘイリーにじかに手紙のことをきいたほうがいいのかも」

と、シャノンが考えながらいいました。サマーとペイジと三人で、昼食のトレイを持って、外のテラスに出ていくところでした。午前中は授業《じゅぎょう》がつづいていたので、ふたつめの手紙の話はできませんでした。

「それで、ぎくっとした顔をしたら、わかるよ」

「でも、ヘイリーじゃなかったら、どうする？」

と、ペイジはいいました。

「そうしたら、ヘイリーに手紙のことがわかっちゃう。わたしのｉＰｏｄ《アイポッド》をかけてもいいけど、ヘイリーはぜったいにみんなにいいふらすんじゃないかな！」

「そうだね」

と、シャノンがため息をつきます。

「今の思いつき、わすれて！」

「べつの方法を考えないとね」

サマーがあいているテーブルにトレイをおいていいました。

「〈はとのポスト〉をときどき見はりにいくのはどうかしら。ヘイリーかほかの人が、また手紙を入れるところを見られるかもしれないわ」

「うん、手はじめとしてはいいかも」

ペイジは賛成《さんせい》しました。

「あっ、ペニーがいる」

と、シャノンがいいました。三人とも席についたところです。ペイジがテラスのむこうを見ると、ペニーとグレースが昼食を終えて、校舎《こうしゃ》にもどっていくのが見えました。だしぬけに、テラスのまわりのしげみの中から、黒くてふわふわしたものが、さっととびだしてきました。

「ベルベット！」

サマーがびっくりして、ナイフとフォークを落としました。

「なにをしてるの？」

子ねこは立ち止まりません。テラスのむこうへ、まっしぐらに走っていきます。グレースとペニーが歩いていく方向に、わざとむかっているようです。ペイジがびっくりして見ていると、グレースが、猛《もう》スピードで走ってくる子ねこを見て、ぱっとわきによけました。ところが、ペニーのほうは、ぎりぎりまでベルベットに気づきません。

「わっ！」

ペニーは声をあげ、ベルベットにつまずかないように、あわてて体のむきを変えました。ベルベットは、ペニーの両足のあいだをさっと走りぬけていきます。ペニーはよろめいて、ころばないように、近くのテーブルに両手をつきました。けがをした手に、ぐっと重みがかかります。

「たいへん！　ベルベットはなにを考えてるの？　ペニーの手首がひどくならないといいけど！」

ペイジは心配しました。シャノンとサマーと三人で、昼食をおいたまま、ペニーとグレースのもとにかけつけます。そのあいだに、ベルベットはしげみの中に消えてしまいました。

「ペニー、だいじょうぶ？」

と、シャノンがききました。

「だいじょうぶよ」

と、ペニーはさっとこたえました。

「子ねこが来るのが見えなかっただけなの」

「手首はだいじょうぶ？」

と、サマーがききました。

「ああ、うん。ちょっといたいけど」

と、ペニーはこたえ、手首をもうかたほうの手でささえました。

「でも、だいじょうぶ」

ペイジはちらっとグレースのほうを見ました。そしてグレースがうんざりした顔をしているのを見て、おどろきました。

「ペニーはだいじょうぶよ」

グレースはそっけなくいいました。

「ちゃんと前を見て歩けばいいだけ！　行くわよ、ペニー」

ペイジとサマーとシャノンは昼食のテーブルにもどり、ペニーとグレースは校舎《こうしゃ》に入っていきました。ペイジは顔をしかめました。なぜか今のできごとが、心の中でひっかかって落ち着きません。けれども、なぜかはわからないのです。

「ベルベットはどういうつもりだったのかな」

と、サマーがつぶやきます。

「どうしてあんなふうに、まっすぐペニーとグレースの前に走っていったのかしら。すごくへんよ！」

「そうだね」

と、シャノンもいいます。

「でも、ベルベットのことだから、なにか意味があるはずだよ。ベルベットのすることには、いつも理由があるもん」

「頭がおかしくなりそう。二通目の手紙だけじゃなくて、ベルベットのふしぎな行動のことまで考えなくちゃいけないんだもん」

ペイジは考えこみながら、首をふりました。

「あと六日で、はっきり見えるようにして、勝利にむかって、うて！　さもないと、ひみつをばらす」

サマーがゆっくりと手紙のことばを口に出していいました。

「このなぞのしめきり日はなにかしら。六日後って、なにがあるの？」

「もう五日後じゃない？」

と、ペイジは口をはさみました。

「ペニーはきのう手紙をもらったから。だから、しめきり日は五日後、土曜日よ」

「土曜日？　土曜日って、なにがあったっけ？」

と、シャノンが顔をしかめていいました。

「わたしが思いつくのは、スポーツ祭だけよ」

と、サマーがはっきりといいました。

「シャノンがわすれちゃったなんて、信じられない！」

「だって、匿名《とくめい》の手紙のことで、頭がいっぱいだったんだもん！」

シャノンがすばやくいいかえします。

「ちょっと待って」

ペイジはゆっくりと口をひらきました。

「もしかしたら、手紙を書いた人は、スポーツ祭のことをいっているのかも。手紙ではペニーに『勝利にむかって、うて！』っていっているでしょ？　つまり、その人は、ペニーにスポーツ祭に出てほしいのよ……アーチェリー競技《きょうぎ》に！」

「ちがうよ、そんなはずない」

と、シャノンが反対しました。

「ヘイリーはペニーに出てほしくないんだもん。ペニーがけがして、よろこんでるんだよ。だって、そうすれば、ハミングバード組はたくさんの点をうしなうことになるから！」

とつぜん、ペイジは目をまんまるくしました。びっくりするような考えが、頭に思いうかんだのです。

「もしかして、ヘイリーじゃないのかも」

ペイジは声に出していいました。

「もしかしたら、新聞部の人で、ハミングバード組が優勝《ゆうしょう》してほしいと、心から願っている人なのかも」

シャノンが顔をしかめます。

「それって、だれのこと？　ルシンダじゃないよね。スポーツ祭がきらいなんだもん。今年またピーコック組が優勝《ゆうしょう》したって、平気だと思うよ」

ペイジは首を横にふりました。

「ちがう。ほかの人よ」

「だれなの？」

と、サマーが知りたがりました。

「わたしが思ったのは、グレースよ」

と、ペイジはためらいながら、こたえました。

「グレース？」

シャノンが大声をあげ、口に入れたばかりのマッシュポテトを、のどにつまらせそうになりました。

けれども、サマーは賛成《さんせい》してうなずいています。

「ペイジのいうとおりかもね」

サマーは考えながらいいました。

「ペニーといっしょにいるときのグレースは、ようすがへんだもの。手紙を送っていたのはグレースかもしれない。でも……」

「うそでしょ？」

シャノンはこうふんして、まくしたてました。

「いったいぜんたい、どうしてグレースがそんないじわるなことをするわけ？　ペニーのルームメイトだし、親友なんだよ？　それに、だれよりも、ペニーの手首のぐあいをよく知ってるんだから……」

シャノンはいきなり、ことばを切りました。ペイジとサマーと顔を見あわせます。

きゅうに、三人とも、こたえがわかったのです。

「それよ！　もし、ペニーがほんとうは、けがなんかしてなかったとしたら？」

ペイジは、三人の頭の中にあることを、ゆっくりと声に出していきました。ふいに、べつのことを思い出します。

「そういえば最初の手紙を読んだとき、わたし、見たの。ペニーが庭に出てベルベットをだっこしたとき、両手を使ってた！」

「それにさっき、ベルベットにつまずきそうになったとき、ペニーはテーブルに両手をついて、力をかけていたわよ」

と、サマーもいいました。

「わたしたちがいうまで、ペニーは手首のことに気づいてもいなかったみたい。ベルベットはそれを教えてくれようとしてたのかもしれないわ……ペニーはけがなんかしてないってことを！」

「手紙に書いてあった『わたしの手はこんがらかるけど、あなたはちがう』は、そういう意味なのかもね」

と、ペイジはいいました。昼食がさめてきましたが、食べるどころではありません。

「ペニーのけがは、うそだったのよ！」

「ああ、もう。びっくりしすぎて、頭がついていかない！」

シャノンがうめき声をあげ、水をひと口飲みました。

「どういうこと？　どうしてペニーはけがをしたふりをしないといけないわけ？　ア

ーチェリーが大好きだし、ハミングバード組の優勝《ゆうしょう》を願ってるのも、あたし、知ってるもん。意味がわからないよ！」

「うーん。ペニーは、自分が点をかせぐのを、ハミングバード組のみんなが期待してることを知ってるでしょ」

と、サマーが考えながらいいました。

「すごいプレッシャーがかかってると思うの」

「もしかしたら、今年はそんなに点をとれないかもしれないって、心配してるのかも。なにか理由があって」

ペイジは声に出して考えます。

「だって、点がとれないと思ったら、競技《きょうぎ》に出たくないでしょ？」

「でも、なにが変わったの？　なんでペニーは、前ほどアーチェリーがうまくできなくなってるわけ？」

と、シャノンがききます。

サマーは肩《かた》をすくめ、ペイジは考えようと顔をしかめました。

——あと六日で、はっきり見えるようにして、勝利にむかって、うて！　さもないと、ひみつをばらす——

手紙のことばが、ペイジの頭の中でこだまします。

「わかった！」

ペイジはさけびました。

「なにが？」

シャノンがとびつくようにききます。

「教えてよ！」

「ペニーがスポーツ祭に出たくないのはね」

と、ペイジは説明しました。

「『はっきり見え』ていないからなの。ペニーは、めがねが必要なのよ！」

11　だれなの？

サマーとシャノンはまじまじとペイジを見つめ、ぽかんと口をあけています。

「たった今、ペニーがベルベットにつまずきそうになったのを見たでしょ？」

ペイジはすぐに話をつづけました。

「グレースはベルベットが来るのが見えたけど、ペニーは見えなかったのよ。それに、このところ、いつものペニーらしくないことばかりしてるじゃない。黒板の問題を書きうつして計算したときは全部まちがえたし、わたしたちが手をふったのに無視《むし》したし。しかも今朝《けさ》、目の前のかべに時計がかかっているのに、『今、何時？』ってきいたのよ。でも、そういうことがすべて、説明がつくの。ペニーがはっきり見えてないとしたら！」

「つじつまがあうよね」

と、シャノンがいいました。びっくりして目をまんまるくしています。

「それに、手紙を送ったのがグレースだとしたら、その理由もわかる」

「そうね。グレースはきっと、ペニーの目が悪くなったのを知っているのよ」

と、サマーが考えながらいいました。

「それで、ペニーがよく見えないから、スポーツ祭に出なくてすむように、けがをしたふりをしていることに気づいたのね。グレースはすごくおこっているんだと思うわ。だって、スポーツ祭にものすごく思い入れがあるもの」

「ペニーと話をしないと」

ペイジはしずかにいいました。頭の中がぐるぐるまわっています。うで時計に目をむけました。

「もうすぐ授業《じゅぎょう》の時間ね。午後まで待たなくちゃ」

「ペニーはどうするかしら？　わたしたちがひみつを知ったとわかったら」

サマーが少し心配そうにききました。

「ちがうって、いいはるかもしれない！　それに、匿名《とくめい》の手紙を送っていたのがグレースだとわかったら、どう思うかしら？」

「わからない」

ペイジはこたえました。ペイジもちょっと心配でした。

「なりゆきにまかせるしかないのかも……」


その日の午後、自習時間が終わると、ペイジとサマーとシャノンは、ペニーとグレースの部屋へいそぎました。

「グレースが、自習時間のあとに、外で走り幅跳《はばと》びの練習をするっていっていたの」

三人で廊下《ろうか》を歩いているとき、サマーがいいました。

「だから、ペニーは今、ひとりでいるんじゃないかしら」

ペイジは、ペニーの部屋のドアをノックしました。

数秒後、ペニーがドアをあけて、三人ににっこりほほえみました。

「ねえ」

ペニーはききたそうに、三人の顔を見ます。

「また手がかりが見つかったの？」

ペイジはうなずいて、

「うん」

と、こたえました。なんだか落ちつかない気持ちでした。けがをしたふりをしているなんていったら、ペニーはおこってしまうかもしれません。ペイジは、自分たちの考えがあたっていると思っていましたが、それでもちょっと心配でした。

「話がしたいの」

「だれが匿名《とくめい》の手紙を書いたのか、わかったと思う」

と、シャノンがつけくわえます。

「中に入って」

ペニーはすぐにいって、みんなが入ったあとに、ドアをしめました。

「だれなの？　教えて！」

「グレースだと思う」

シャノンがいきなりいいました。

「グレース？」

ペニーはあっけにとられて、三人を見つめました。

「えっ、わたしの親友のグレース？　そんなこと、ぜったいにしないわよ！」

「最初の手紙に使った文字を全部手に入れられるのは、新聞部の人だけだってわかったんだ」

と、シャノンが説明しました。

ペニーは顔をしかめます。

「ヘイリー・ベルも新聞部よ。あんないやな手紙を送ってきそうなのは、ヘイリーのほうだと思うけど。わたしのことも、グレースのことも、きらってるんだもん！」

ペイジは首を横にふりました。

「手紙を送った人は、ペニーにスポーツ祭に出てほしいんだと思うの。だから、同じハミングバード組の人なんじゃないかな、グレースみたいな。ヘイリーのような、ピーコック組の人じゃなくてね」

「そう、それはそうかもね」

ペニーがみとめます。それから、ペイジたちのいったことを考えて、ますますむずかしい顔つきになりました。

「で、でも、どうしてグレースがそんなひどいことをするの？」

「どうしてか、もうわかってると思うわよ、ペニー」

と、サマーがそっといいました。

「それに、手紙に書いてあったひみつが、なんのことなのかも、ずっとわかっていたんじゃない？」

ペニーはきゅうに泣きだしそうな顔になりました。

「ほんとうは、けがをしていなかったのよね、ペニー？」

と、ペイジがやさしくききます。

ペニーはすすり泣きながら、ベッドにすわりこみました。

「お願いだから、だれにもいわないでね！」

しゃくりあげながら、たのみこみます。

「もちろん、いわないよ！」

シャノンがペニーのとなりにすわります。

「どうしてそんなことをしたのかだけ、教えて」

「いえないわよ」

ペニーはごくんとつばをのみこみます。

「はずかしすぎるもん」

「あのね、それって、視力《しりょく》と関係あるんじゃない？」

と、ペイジはおそるおそるたずねました。これ以上、友だちにいやな思いをさせたくありません。

ペニーは口をあんぐりあけました。

「どうしてわかったの？」

びっくりして、ペイジにたずねます。

「ほかの人も、知ってるの？」

「たぶん、グレースは気づいたんじゃないかしら」

と、サマーがいいました。

「だから、手紙を送ってきたのよ」

ペニーはため息をつきました。

「わたし、みんなにかくそうとしてたんだけど、すごくたいへんだった」

と、うちあけます。

「なにもかもぼやけてて、アーチェリーなんてできるわけないの。的《まと》がよく見えないんだもん！」

「それなら、目医者さんに行って、めがねをつくったらいいのに」

と、サマーがいいました。そして、つづけます。

「こわいことなんかないわよ。よく知ってるの。だって、わたしのお母さん、目医者さんなんだもの！」

「目医者さんには、もう行ったの」

と、ペニーがいいました。

「このあいだの休みに、家に帰ったときにね。わたしはコンタクトレンズにしたかったのに、まだ若《わか》いからだめっていわれちゃった」

ペニーは顔をしかめました。

「それで、めがねをつくってくれたんだけど、それがサイアクなの！　あんなめがねをかけたら、ヘイリーみたいな人にぜったいいじめられるよ」

ペニーの顔を、なみだが何つぶか、つたい落ちました。

「ねえ、そんなにひどいわけないよ！」

と、シャノンがはげますようにいいました。

「見せてみて」

ペニーはためらいました。

「だいじょうぶよ」

と、サマーがうながします。

「わたしたち、ギャーってさけびながら部屋からにげださないって約束するから！」

ペニーはなみだぐんだまま、なんとかほほえみました。ひざをついて、ベッドの下から、めがねケースをひっぱりだします。

「これよ」

ペニーはめがねをとりだして、シャノンにわたしました。

「めがねをかけろとはいわないでよ！」

「ペニーのいってることがわかった気がする」

と、ペイジはいいました。まっ黒な太いフレームと、ぶあついレンズを見つめます。めがねは、ちっともすてきではありません。

サマーがシャノンから、めが

ねをうけとりました。

「もっとすてきなめがねがつくれないか、お母さんにきいてみてもいい？」

と、サマーはいいました。

ペニーはため息をつきました。

「ありがとう、サマー。でもね、ほんとうは、めがねなんかかけたくないの！」

「でも、めがねって、かっこいいじゃない！」

と、ペイジは口をはさみました。

「有名なマドンナだって、ときどきめがねをかけているし」

「マドンナだけじゃないよ」

シャノンがつけたします。

「マーマレードだって！　やっぱり、ときどきめがねをかけてる。マーマレードは世界一のポップスターだよ！　あたしが部屋にはってるポスター、ペニーも見たよね？　あのポスターのマーマレードは、めがねをかけてるよ。すっごくクールなまっ赤なめがね。かっこいいよ！」

「たしかに、マーマレードはかっこいいなあ」

と、ペニーは考えながらいいました。

「わたしも、好きなめがねが見つかったら、かけてみてもいいかも」

「お母さんにいったら、よろこんで、どうにかしてくれると思う」

と、サマーがいいました。

ペイジは、ペニーが元気になってきたことに気づきました。

「もし、わたしがめがねを気に入って、よく見えるようになったら、スポーツ祭にも出られるかもしれない！」

と、ペニーはうきうきしたようにいいました。

「そのことばが聞きたかったんだ！」

と、シャノンがにんまりしていいました。

「ゆだんしてる場合じゃないよ、ピーコック組！　ペニー・ハリスがもどってきたんだから！　サマー、すぐにお母さんに電話をかけにいこうよ！」

「わかったわよ」

サマーが笑い声をあげました。

「ペニー、めがねを持っていってもいい？　お母さんに送ることになると思うの」

「ああ、どうぞ、持ってっちゃって！　二度と見なくたって、ぜんぜんかまわないから！」

と、ペニーはこたえました。

みんなでドアにむかうとき、ペイジはひそかににっこりしました。ペニーがずっと楽しそうな顔になったからです。

「あ、それとね、ペニー」

部屋を出るとき、シャノンがいいました。

「グレースとぜったいに話をしたほうがいいよ。あんな手紙を送るのはよくなかったと思う。けがをしたふりをしてるって、知ってたとしてもね」

「わかってる」

ペニーはまじめな顔でうなずきました。

「ちゃんと話をする。グレースは親友だし、これからも親友でいたいから」

三人が部屋にもどると、ベルベットがサマーのベッドの上で立ちあがって、かべにうつっている日の光をつかもうとしていました。部屋に入ってきた女の子たちにむかって、うれしそうに「ミャー」と鳴きました。

「ペニーのこと、知ってたんでしょ、ベルベット」

サマーがほほえんで、携帯《けいたい》電話を手にとりました。

「ほんとうにかしこいわね！」

ペイジとシャノンが見まもるなか、サマーはベッドにすわって、お母さんに電話をかけました。

「お母さん？　サマーよ！　うん、元気。お母さんとお父さんは？　うん、あのね、お願いがあるの。友だちがね、どうしても新しいかっこいいめがねが土曜日までに必要なの……」

サマーは、ペニーのめがねのことをざっと説明しました。それから、しばらく話をきいたあと、がっかりした顔をしました。

「え、そうなの？」

サマーは、ペイジとシャノンのほうをちらっと見ました。

「まさか！」

シャノンがつぶやきます。

「わかった。お母さん、ありがとう。じゃあ、またね」

サマーはさようならをいって、電話を切りました。

「残念だけど」

サマーはとてもがっかりした顔をしています。

「お母さんは助けてくれようとしたんだけど、ペニーのレンズはあついみたいだから、ちゃんと調べてうすいのに変えるには、一週間くらいかかるっていうの。それじゃあ、スポーツ祭にまにあわないわ！」

「ああ、でも、きいてみるだけのことはあったよ」

シャノンが悲しそうにいいました。

「ペニーに今のめがねをかけてもらうのは、やっぱりむりかな？」

ほかのふたりが返事をする前に、日の光をまだ追いかけていたベルベットが、とつぜんサマーのひざにとびのって、かたほうの前足で、ペニーのめがねをぽんぽんたたいて遊びはじめました。

ペイジはぎょっとして見つめました。めがねが床《ゆか》に落ち、ピシッとひびが入ってしまったのです。

12　魔法《まほう》の特別便

「たいへん！」

ペイジは息をのみました。サマーがかがみこんで、めがねをひろいあげます。

「こわれちゃった？」

と、ペイジはたずねました。

「待って、サマー！」

シャノンがきゅうに声をあげました。

「ベルベットを見て！」

ペイジとサマーは、小さな子ねこのほうを見ました。ベルベットはめがねに近づきながら、しっぽを左右にふり、ひげをかすかに金色に光らせています。

とつぜん、三人はあっとおどろきました。金色の光のつぶがいっせいにあらわれ、そのまっただなかで、めがねがピューッと空中にとびあがったのです。めがねは、しばらくそこにうかんでいたかと思うと、くるくるまわりだし、きらきらした光をあびながら、どんどんはやくまわっていきました。

やがて、光が消えはじめ、めがねはゆっくりと、サマーのベッドの上におりてきました。ベルベットはぴょんとベッドにとびのると、めがねのそばで満足そうにゴロゴロのどを鳴らしながら、あおむけにねころがって、ぐーんとのびをしました。

「見て、ベルベットの魔法《まほう》で、めがねが変わっちゃった！」

ペイジがささやくようにいいました。

ペニーのめがねは、まったくべつのものになっていました。まっ黒な太いフレームは、ひすい色の細いフレームに変わり、えの部分は、小さいエメラルドやダイヤモンドのようなきらきらしたつぶでかざられています。ぶあついレンズは、紙のようにうすいレンズに入れかわっています。

「すてきなめがね！」

サマーがそっとつぶやきます。

「ありがとう、ベルベット！」

「ほんとうに、さすが、ベルベット！」

ペイジもにっこりしていいました。

「ペニーもきっと気に入ってくれそう！」

「あたし、めがねなんか必要ないのに、そのめがねはかけてみたい！」

と、シャノンが大声をあげました。

「すぐにペニーにわたそうよ」

「今はだめよ」

ペイジはあわてていいました。

「サマーのお母さんはすばらしい目医者さんかもしれないけど、いくらなんでも、こんなにはやく新しいめがねをつくれないもん！」

「あ、そっか。今のわすれて！」

シャノンがにやっとしました。

「ペニーにいろいろきかれても、こまっちゃうもんね。めがねはあと何日か、ここにおいておこうか」

ペイジとサマーはうなずきました。

「そのあいだに、ペニーはグレースとちゃんと話しあうんじゃないかな」

と、ペイジはいいました。

ペイジがサマーのベッドにすわると、すぐにベルベットがひざにのってきました。

「ベルベット、また助けてくれたのね！」

ペイジはほこらしく思いながら、小さな子ねこをなでました。

「ベルベットのおかげで、ペニーはもうけがをしたふりをしなくてすむのよ。それに、もしかしたらスポーツ祭にも出てくれるかも！」

「シャノン、自習時間のあとに、走り高跳《たかと》びの練習をする気ある？」

二日後、ペイジはベルベットの頭の上で赤いリボンをぶらぶらさせながら、ききました。子ねこは、あちこちはねまわり、前足でリボンのはしをつかまえようとしています。

「いい考えね。オリンピック・チャンピオンみたいにとべるようになったからって、ゆだんしたらだめよ！」

サマーがにやにやしながら口をはさみました。

「ゆだんなんかしてないよ。ハミングバード組のために、少しでも、点をとりたいもん」

シャノンがこたえます。

「もちろん練習する気まんまんだよ。ついでにアビゲイルに勝てたら最高だな！」

「スポーツ祭で思い出したけれど、そろそろペニーに、新しいめがねをわたしてもいいころね」

と、サマーがいいました。

「競技《きょうぎ》に出られるかもしれないこと、まだ知らないんだもの！」

「ああ、そうだった！」

と、シャノンがいきおいこんでいいました。

「幸運の印をいっぱいつくって、願ってるよ。ペニーが気に入ってくれますようにって！」

とつぜん、ドアをノックする音がしました。ベルベットはたちまちリボンにきょうみをなくし、ペイジのベッドの下にかけこみます。

「いい子ね、ベルベット」

と、ペイジはささやいて、ドアをあけにいきました。

部屋の外に、ペニーとグレースが立っていました。ふたりともペイジを見てほほえみましたが、グレースはちょっと気まずそうにしています。

「グレースとふたりで、お礼をいいにきたの」

ペニーがにこにこしていいました。

「ちゃんと話しあったから、もうだいじょうぶよ」

「わあ、よかった！」

サマーが声をあげます。

ペニーとグレースは、ペイジにつづいて部屋に入ってきました。

「あんな手紙を送るなんて、ひどかったと思う」

グレースは心から後悔《こうかい》しているようでした。

「ペニーに正しいことをしてもらいたかっただけなの。でも、あんな手紙をもらったらどんなにこわいか、想像《そうぞう》してなかった。スポーツ祭でどうしてもハミングバード組に勝ってほしくて、つい、やっちゃったのよ！」

シャノンがうなずきました。

「その気持ち、わかる！　でも、ペニーがほんとうはけがをしてないって、どうしてわかったの？」

グレースはにやりと笑いました。

「わたしはペニーのことなら、なんでもわかるの。だから、なにかがおかしいって、すぐわかった」

グレースは説明します。

「だれかと同じ部屋で暮《く》らしていると、気づくものなのよ。その人が、かべにぶつかりだしたり、『けがをした手』で物をひろったりしているとね！」

「そういえばね、わたしたち、ペニーにわたしたいものがあるの」

サマーがそういって、引き出しから、すてきなめがねをとりだしました。にこっとほほえんで、ペニーに手わたします。

ペニーはめがねをじっと見て、なにもいいませんでした。ペイジはきゅうに、とても不安になりました。ペニーは気に入ってくれるのでしょうか？

「すごい！」

ペニーがやっと、声を出しました。

「なんてすてきなめがねなの！　こんなにきれいなめがね、今まで見たことない！」

グレースまでうれしそうに、にこにこしています。

「かけてみて、ペニー！」

グレースはいそいそと親友にすすめました。

ペニーは鏡の前に走っていって、めがねをかけました。

「すっごくかっこいいよ！」

と、シャノンが感心していいました。

「わたしの目の色が、もっとあざやかな緑に見える！」

鏡を見つめながら、ペニーが声をあげます。

「このめがね、大好き！」

ペイジはサマーとシャノンを見て、にっこりしました。ほんとうに、ペニーによくにあうめがねでした。めがねをかけたペニーは、とてもかわいく見えます。

「それに、なにもかもはっきり見えるの！」

ペニーは部屋を見まわします。

「へえ、どんなものでも、はっきり見えそう？」

シャノンがさりげなく、なんでもなさそうにききました。

「たとえば、アーチェリーの的《まと》みたいなものとか？」

「うーん、どうかなあ」

ペニーは目を細くして、鏡にうつった自分を見つめます。ペイジは、シャノンがおさえたようなうめき声をあげるのを聞きました。グレースも、がっかりしているようです。

「じょうだんよ！」

ペニーはかろやかにいうと、くるっとふりむいて、にっこりしました。

「すごーくよく見えるの。だから、もちろん、スポーツ祭に出るわよ！　だれにも止めさせないからね！」

シャノンとグレースがそろって歓声《かんせい》をあげます。

「でも、お母さんはどうやって、こんなにはやくめがねをつくれたの、サマー？」

と、ペニーはたずねました。

「スポーツ祭にはぜったいまにあわないと思ってたのに」

「ああ、それは……えーと……特別便でとどいたの」

サマーはあわてていいました。

ペイジは、シャノンにウィンクされて、こっそりほほえみました。たしかに、めがねは特別便でとどいたもんね、とペイジは思いました。ベルベットの魔法《まほう》の特別便でね！

「ドレイク先生に、やっぱりスポーツ祭に出ますって、いいにいかなくちゃ」

と、ペニーはいいました。しあわせそうに、目をきらきらかがやかせながら、グレースとふたりでドアにむかいます。

「サマー、お母さんにどんなにお礼をいっても、いいたりないくらいよ！」

「ああ、お礼ならもう、助けてくれたみんなにつたえてあるわ」

サマーが、ペニーを安心させるようにいいました。

ペニーとグレースが部屋を出ていくと、ペイジはベッドの下をのぞき、見つめかえしてきたふたつの金色の目にむかって、ほほえみました。

「わたしたち、ベルベットにちゃんとお礼をいったでしょ？」

と、ペイジはたずねました。

子ねこが暗がりからとびだしてきて、大きく「ミャー」とこたえたので、ペイジはサマーとシャノンといっしょに、声をたてて笑いました。

13　スポーツ祭

ペイジは歯を食いしばり、もっとはやく走ろうとがんばりました。スポーツ祭の午後、リレー競技《きょうぎ》の最終走者たちが、今まさに走っているところです。ペイジはいちばんうしろにいましたが、そのままで終わるつもりはありません。

トラックが曲がりだしたところで、ペイジはすぐ前を走っていたスワン組の女の子を追いこしました。まわりから、おおぜいの人たちの応援《おうえん》やはくしゅが聞こえてきます。まだ前にいるふたりの女の子を目でとらえながら、ペイジは力がわいてくるのを感じました。

「がんばれ！」と、ペイジは自分にいいきかせます。「ハミングバード組には、この点が必要なのよ！」

　これまでのところ、ピーコック組がいちばん点をつみあげていました。そのつぎがハミングバード組で、スワン組は三位、ナイチンゲール組が四位です。

　うでと足をどんどん動かして、ペイジはぐいぐい前へ進んでいきます。二番目を走るピーコック組の女の子に追いついてきました。女の子はふりかえり、うしろにせまってきたペイジを見て、あせりました。そのちょっとしたすきが、ペイジの助けになりました。ペイジはピーコック組の女の子を追いぬくと、今度は先頭を走るナイチンゲール組の女の子を追いかけます。

　ゴールラインが正面に見えてきました。ナイチンゲールの女の子に追いつけるかどうか、ペイジにはわかりませんでしたが、とにかく全力で走りました。テープを切るとき、ふたりはほとんどならんでいました。ふたりとも一位になろうと、けんめいに体を前にかたむけます。見ていたおおぜいの人たちが歓声《かんせい》をあげ、手をたたきました。

　どっちが勝ったの？　ペイジは走り終わって、ハアハア息を切らしながら考えました。どの競技《きょうぎ》も、終わるとすぐに結果が発表されます。ところが今は、審判《しんぱん》たちがトラックの横に集まって、熱心に話しあっています。

ペイジはまだあえぎながら、チームメイトたちのところへ行きました。

「ペイジの走り、すばらしかった！」

ローズ・バーカーが、ペイジのせなかをぽんとたたいていいました。

「わたしがオリビアとのバトンのうけわたしに失敗しちゃったから、もうとりかえせないと思ってたの」

「でも、勝てなかったかも」

と、ペイジはいいました。

「そんなの、かまわないよ」

と、オリビアがペイジを安心させます。

セアラもうなずいて、

「ペイジのおかげで、ハミングバード組は、ピーコック組の点に少し近づいたと思うわよ！」

と、うれしそうにいいました。

審判《しんぱん》のひとり、ドレイク先生が前に出て、マイクを使って発表しました。

「第一位は、ナイチンゲール組です」

ナイチンゲール組を応援《おうえん》している人たちが、にぎやかに歓声《かんせい》をあげました。

「ハミングバード組は、第二位です」

「おめでとう、ペイジ！」

うしろから、よく知っている声が聞こえました。ペイジがふりむくと、サマーがにこにこしていました。

「ほんとうにすごかった！　あんなにうしろから追いつくなんて、信じられない！」

サマーはこうふんしています。

ペイジはにっこりして、こたえました。

「でも、床《ゆか》運動で一位になった人ほど、すごくはないけどね！」

ペイジとシャノンはもっとはやい時間に、サマーの体操《たいそう》競技《きょうぎ》を見るために体育館に行っていたのです。

サマーはうれしそうに、ほっぺたをあからめました。

「そんなの、なんでもないわよ。ちょっと点が入っただけで」

サマーはけんそんしました。

「それからね、さっきまで、シャノンもいっしょにペイジが走るのを見てたんだけど、走り高跳《たかと》びのじゅんび運動をしにいかないといけなかったの」

ペイジはうなずきました。走り高跳びは、スポーツ祭の最後をかざる競技《きょうぎ》です。シャノンが一日じゅうきんちょうしていたことを、ペイジは知っていました。

「みなさまにお知らせします！」

スピーカーから声が聞こえてきました。

「まもなく、競技場で、アーチェリーの試合がはじまります」

「いっしょにペニーを見にいかない？」

と、サマーがいきごんでいいました。

「うん、もちろん！」

ペイジは賛成《さんせい》します。

「ねえ、見た？　きのうの午後、新しいめがねをかけて練習してるペニーを見たときの、ヘイリーの顔ったら！」

サマーもにやにやして、

「ほんとうに、おかしかった！　ヘイリーの目玉が、顔からとびだしちゃうかと思った！」

と、いいました。

ふたりが競技場《きょうぎじょう》までいそぐと、選手たちがアーチェリーの弓矢を持って出てくるところでした。ペニーが新しいめがねをかけ、はれやかな、自信のありそうな顔をしているのを見て、ペイジはうれしくなりました。

最初の選手は、ナイチンゲール組の女の子です。前に出て、矢を射《い》ると、青の外側の輪に当たりました。

「ナイチンゲール組に五点ね」

ペイジは、サマーに説明してもらった点の数え方を思い出しました。

つぎのピーコック組の女の子が四点、スワン組の女の子が六点とりました。そのあとに、ペニーが弓矢を持って進み出ました。

ペイジとサマーが息をつめて見まもるなか、ペニーはねらいをさだめ、矢を射《い》ました。

「九点よ！」

サマーが声をあげてよろこびます。ペニーの矢は、金色の外側の輪につきささっています。

「いけいけ、ペニー！」

ペイジはさけびました。

ペニーは矢をはなつたびに、高い点をとっていき、サマーとペイジはうれしくてたまりません。何週間も練習していないのに、ペニーの才能《さいのう》はきわだっていました。

「第一位は、ハミングバード組のペニー・ハリスです！」

試合が終わると、放送係が観客に発表しました。

「さすが、ペニー！」

ペイジはうきうきといいました。だれもがはくしゅしています。

「いっぱい点が入ったわよ！」

「ピーコック組はアーチェリーで三位に終わったから、ペニーの点のおかげで、ハミングバード組はかなり優勝《ゆうしょう》に近づいたはずよ」

アーチェリーの選手たちが道具をかたづけるのをながめながら、サマーがいいました。

ペイジは、肩《かた》をたたかれて、ふりかえりました。オリビアとローズが、ひどくこうふんした顔をして立っています。

「たった今、ドレイク先生が点数を計算してるのを聞いたんだ！」

オリビアがあわただしくいいました。

「ペニーのアーチェリーの点が入ったから、ものすごい接戦になってる。でも、まだピーコック組のほうが勝ってるの！」

「のこっている競技《きょうぎ》は、走り高跳《たかと》びだけね」

と、ペイジはドキドキしながらいいました。

「そう、スワン組とナイチンゲール組はもう、優勝あらそいからは、はずれてるの」

ローズが教えてくれました。

「だから、走り高跳《たかと》びでどっちが勝つかで、すべてが決まるのよ……ピーコック組か、ハミングバード組か！」

ローズとオリビアは走っていってしまいました、

そのとき、スピーカーから声が聞こえてきました。

「本日最後の競技《きょうぎ》、走り高跳びが、まもなくはじまります」

ペイジはサマーの手をぱっとつかみ、ふたりはグラウンドを全速力で走っていきました。ほかの人たちも、同じ方向にいそいでいて、あたりはぴりぴりした空気につつまれています。ピーコック組とハミングバード組とのきわどい勝負のうわさは、あっというまにひろまったようでした。

ペイジとサマーはどうにか、観客のいちばん前に行くことができました。ちょうど、最初の女の子がはじめるところでした。スワン組のジョディ・リーです。かるがるとバーをとびこえました。背《せ》が高く、足の長いジョディに勝つのは、とてもむずかしそうだと、ペイジは思いました。つづいてとんだアビゲイルも、バーをクリアし、とくいそうにピーコック組のなかまに手をふって、スタートラインにもどっていきました。

つぎは、シャノンです。

「シャノン、がんばって！」

助走のじゅんびをはじめたシャノンを見ながら、ペイジはそっとつぶやきました。

「シャノンならできる！」

シャノンは深呼吸《しんこきゅう》をすると、いきおいよく走りだしました。ペイジとサマーはうれしくなりました。シャノンがじゅうぶんなよゆうをもってバーをとびこえ、マットに着地すると、満面の笑みをうかべたからです。ペイジとサマーは、ハミングバード組のみんなといっしょに、ものすごい歓声《かんせい》をあげました。アビゲイルはおもしろくなさそうな顔をしています。

「だれが勝つかわからないわね！」

サマーが思ったとおりのことをいいました。ナイチンゲール組のピッパ・デベニッシュもきれいにバーをとびこえたからです。

そのあと、勝負はきびしくなっていきました。全員が三回ずつバーをクリアしたあと、つぎの高さでバーをとびこえられなかったピッパが、勝負からぬけました。ペイジがたえられないくらい、きんちょうしているなか、ジョディとアビゲイルはみごとなジャンプを決めました。つぎが、シャノンの番です。今度もバーをクリアできたので、ペイジとサマーはほっとため息をつきました。

そのとき、ペニーとグレースがペイジたちのそばに来ました。

「どうしてもピーコック組に勝たなくちゃ！」

グレースはこうふんして、顔をまっかにしながらさけびました。

「がんばって、シャノン！」

ペイジはこれ以上ないくらい、きんちょうしていました。優勝《ゆうしょう》のゆくえはどうなるのでしょう。この先は、シャノンにすべてがかかっているのです。

14　ハミングバード組のなかまたち

ペイジはハラハラしながら見つめます。つぎの回がはじまりました。最初にとんだのはジョディ・リーです。長い足で走ってとびあがり、またかんたんにバーをとびこえました。バーがかなり高くあげられているのに、ものともしません。

「つぎはアビゲイル」

と、グレースがいいました。

「もし失敗して、シャノンがうまくいったら、ハミングバード組の優勝《ゆうしょう》よ！」

ペイジには、アビゲイルが少しきんちょうしているのがわかりました。力強く助走をしましたが、あまりいいジャンプができませんでした。とびこえるときに、バーにぶつかってしまい、バーはアビゲイルの上に落ちてきました。見ていたピーコック組の女の子たちが、がっかりした声を出しました。

「シャノン、がんばって！」

ペイジはつぶやき、指をかさねて幸運の印をつくりました。

シャノンものすごくきんちょうしているのが助走からもわかり、ペイジは心配になりました。シャノンもじゅうぶんに高くとべず、アビゲイルと同じように、バーを落としてしまいました。

「どうしよう！」

と、ペイジは悲しい声を出しました。

「これで、ジョディが勝ったのよ！」

ジョディは、集まっていたスワン組の女の子たちのもとにかけよって、口々におめでとうといわれています。

「そう。でも、だいじょうぶよ」

と、グレースがすぐにいいました。

「スワン組はここまでの合計点がずっと少ないから、ジョディの点が入っても、ハミングバード組やピーコック組には追いつけないの」

「これからどうなるの？」

ペイジはたずねました。

「アビゲイルとシャノンが、もう少しバーをさげて、勝負をつづけるんだと思う」

と、グレースがこたえます。

「ひとりがクリアして、もうひとりが失敗するまでね」

「結果がどうなっても、シャノンはここまでよくやったと思う」

サマーがペイジに小声でいいました。バーが少し低い位置にさげられます。

「うん、シャノンにかならずそういおうね」

ペイジはシャノンのほうを見ながら、サマーのことばにうなずきました。アビゲイルがシャノンになにかいうのが見えました。そのあと、シャノンはますます不安そうなようすになりました。

「アビゲイルがきっと、シャノンの気をちらすようなことをいったのよ！」

サマーがおこっていいました。

ペイジはうなずき、心配して、くちびるをかみしめました。ペイジにもサマーにも、シャノンを助けることはできないのです。

アビゲイルが走りだすのを、シャノンは両手をこしにあてて、じっと見ています。今度も助走がよかったので、らくらくとバーをとびこせると、ペイジは思いました。ところが最後のしゅんかん、かかとがバーにひっかかり、バーはガシャンと落ちてきました。

「あとはシャノンしだいよ！」

ペニーがせっぱつまったようにいいました。

シャノンは時間をかけて、前のほうにあるバーをじっと見つめました。それから助走をはじめました。顔に決意がみなぎっています。今回は助走もすばらしく、ジャンプもみごとなものでした。バーの上でせなかをそらせ、ゆとりをもってとびこえます。観客のハミングバード組の女の子たちは大よろこびで歓声《かんせい》をあげました。ピーコック組の女の子たちはぼうぜんとしています。いちばんショックをうけた顔をしているのは、アビゲイルです。

「シャノン、やった！」

ペイジは大声をあげ、うれしくてとびはねました。

「わたしたち、勝ったのよ！」

「シャノン、よかった！」

サマーがさけび、ペニーといっしょに、ものすごいいきおいではくしゅしました。

「ハミングバード組、優勝《ゆうしょう》！」

グレースがかなきり声をあげ、体操服《たいそうふく》の上に来ていた上着をぬいで、旗のように頭の上でふりまわしました。

シャノンは勝ったよろこびに、こぶしを空中につきあげると、ペイジとサマー、グレースとペニーのもとに走ってきました。五人の女の子は、おたがいの肩《かた》にうでをまわし、輪になってしっかりだきあいました。

「信じられない！」

シャノンがあえぎながらさけびます。夢《ゆめ》を見ているような顔をしています。

「ハミングバード組が優勝《ゆうしょう》だって！」

「シャノンのおかげよ」

と、ペイジはにこにこしていいました。

「シャノン、よくやったね！」

リサ・オーエンが走ってきて、シャノンのせなかをぽんとたたきました。

「すごくよかったよ！」

シャノンはびっくりして、リサを見つめます。

「なんでリサがよろこんでるの？　ナイチンゲール組なのに！」

「わかってる」

リサが笑いました。

「でも、スワン組もナイチンゲール組も、ほとんどの子は、ピーコック組がまた優勝しなかったことがうれしいんだ！」

観客から大きな笑い声があがり、女の子たちはふりむきました。ペイジは思わずにこにこしました。ベルベットが走り高跳《たかと》びのマットにとびのって、やわらかい生地《きじ》の

上で、楽しそうにころげまわっていたからです。

「ほんとうは、なにもかもベルベットのおかげだね！」

シャノンがサマーとペイジにそっといいました。

「あたしがジャンプの練習をするのを助けてくれたし、ペニーが競技《きょうぎ》に出られるように、すばらしいめがねをくれたんだもん。ベルベットがいなかったら、ハミングバード組は勝てなかったよ」

「そうね。ベルベットはいちばんだいじなチームメイトよ！」

と、サマーもいいました。

日ざしの中で遊ぶベルベットを見つめながら、ペイジはほほえみました。いつか、子ねこのむかしのひみつがわかるときが来るかもしれません。でも、もしわからなかったとしても、ひとつだけたしかなことがありました。今のこの時間は、ベルベットがいてくれるおかげで、けっしてたいくつすることはないのです！

訳者《やくしゃ》あとがき

ペイジとシャノンとサマーのなかよし三人組が暮《く》らす寄宿《きしゅく》学校のチャームホール学園では、一年をとおして、いろいろな楽しい行事がおこなわれます。

たとえば、この物語に出てくる、「中世の日」という行事では、生徒や先生だけでなく、近所の人たちまでもが、中世の時代の衣装《いしょう》を着て、騎士《きし》たちの試合をおうえんしたり、中世風のお店を見てまわったりして楽しみます。チャームホールの建物のいちばん古い部分は中世に建てられたのですが、魔法《まほう》ねこベルベットも、どうやら中世に関係があるようですね。

そして、チャームホール学園の行事のなかでも、とくにもりあがるのは「スポーツ祭」です。イギリスの学校で「スポーツデイ」とよばれる、日本の運動会と同じような行事ですが、ふんいきはだいぶちがいます。

日本では、全員が運動場に集まって、大きな音で音楽が流れるなか、おうえん合戦やダンスをしたり、プログラムにしたがってひとつずつ競技《きょうぎ》をおこなったりします。ところがイギリスでは、会場が広く、いろいろな場所で競技がおこなわれるので、見たい人は競技がはじまる時間を見はからって、それぞれの場所に移動《いどう》することになります。また、個人《こじん》競技が多く、生徒は自分が希望する競技にだけ参加します。ペイジとシャノンとサマーも、リレー、走り高跳《たかと》び、体操《たいそう》と、それぞれひとつの競技に出ています。

こんなふうに、日本の運動会では全員でひとつのことに集中するのに対し、イギリスのスポーツデイではひとりひとりがべつべつにかつやくをします。でも、だれもが自分のチームを全力でおうえんし、優勝《ゆうしょう》をめざしてがんばるところは、日本もイギリスもいっしょです。

ちなみに、ペニーがとくいなアーチェリーは、弓で射《い》た矢を的《まと》に当てる競技で、日本では、伝統的《でんとうてき》な弓道と区別して、「洋弓」ともよばれています。オリンピックでかつやくした日本人のアーチェリー選手もいるので、みなさんも試合の映像《えいぞう》を見たことがあるかもしれませんね。

さて、シリーズ第一巻《かん》では、チャームホール学園でいちばん年下の五年生だったペイジたちも、今では、六年生になっています。イギリスの六年生は、年齢《ねんれい》が十歳《さい》か十一歳なので、日本の五年生くらいだといえるでしょう。新聞部のルシンダ編集長《へんしゅうちょう》は九年生なので、年齢は十三歳か十四歳、日本でいえば中学一、二年生のお姉さんです。

そのルシンダ編集長にインタビューをして、学校新聞にますますきょうみを持ったペイジは、つぎの第六巻『未来鏡をのぞいたら』では、いよいよ新聞部に入って、はじめて記事を書くことになりました。シャノンのあこがれのポップスターだというマーマレードも登場しますよ。

ペイジたちと魔法《まほう》ねこベルベットのかつやくを、どうぞお楽しみに！

二〇一四年十二月

武富《たけとみ》 博子《ひろこ》

作者＊タビサ・ブラック Tabitha Black
イギリスの作家。小さいころからねこが大好きで、ずっと寄宿学校にあこがれていた。「ねこ」と「寄宿学校」が結びついて、「魔法ねこベルベット」（全6巻）のシリーズを執筆。日本で紹介される作品は、このシリーズがはじめて。

訳者＊武富博子（たけとみ・ひろこ）
東京生まれ。小さいころ、オーストラリアとアメリカで暮らし、ねこをかっていた。上智大学法学部国際関係法学科を卒業。『バレエなんて、きらい』にはじまる「ウィニー・シリーズ」、『アニーのかさ』（以上講談社）などの本を翻訳している。

画家＊くおん れいの
子どもや少女、動植物などを、メルヘン、ファンタジー風に描くことが得意なイラストレーター。将来、一軒家に住んでねこと暮らすのが夢。

魔法ねこベルベット——5 危険な手紙——
2015年1月30日　初版発行

♥ 著　者／タビサ・ブラック
♥ 訳　者／武富博子
♥ 画　家／くおん れいの
♥ 発行者／竹下晴信
♥ 発行所／株式会社評論社
〒162-0815　東京都新宿区筑土八幡町2-21
電話　営業03-3260-9409　編集03-3260-9403
URL　http://www.hyoronsha.co.jp
♥ 印刷所／凸版印刷株式会社
♥ 製本所／凸版印刷株式会社

ISBN978-4-566-01390-2　NDC933　188㎜×128㎜

魔法ねこベルベット
シリーズ

1 学校へようこそ!

2 妖精パックにご用心

3 ハロウィンの大そうどう

4 モナ・リザのひみつ

5 危険な手紙

6 未来鏡をのぞいたら (2015年3月刊行予定)